PREMI
**GRAN ANGULAR**
2013

W0202443

# LA BALADA DEL FUNICULAR MINER

PAU JOAN HERNÀNDEZ

cruïlla

llegircruilla.cat

Primera edició: octubre de 2013
Segona edició: octubre de 2015

Edició: Dolors Ortiz i Perpinyà
Disseny de la coberta: Estudi SM
Realització de la coberta: Jordi Salvany Duran

© 2013, Pau Joan Hernàndez i de Fuenmayor, pel text
© 2013, Editorial Cruïlla
Nàpols, 249 - 08013 Barcelona
editorial@cruilla.cat

ISBN: 978-84-661-3369-2
DL: M-24572-2013
Imprès a la UE / *Printed in EU*

Qualsevol forma de reproducció, distribució, comunicació pública o transformació d'aquesta obra només es pot fer amb l'autorització dels seus titulars, tret de les excepcions previstes per la llei. Dirigiu-vos a CEDRO (Centre Espanyol de Drets Reprogràfics, www.conlicencia.com) si necessiteu fotocopiar o escanejar cap fragment d'aquesta obra.

*Per al Francesc Hernández,*
*que sabrà quan cal carregar contra la bèstia*

*La bèstia jeia endormiscada al fons d'una gran caixa de fusta, aliena als sorolls que l'envoltaven, als moviments, a la foscor densa i profunda de la seva presó. Una respiració feixuga, antinaturalment lenta, animava els seus flancs poderosos, i només algun ocasional estremiment li feia néixer un ronc del fons del pit. Mai en la seva vida no havia conegut un son tan profund, tan allunyat de l'alerta perpètua del caçador. Però el seu estat no tenia res de natural. L'havien sedat, i només d'aquella manera l'havien pogut dominar per ficar-la a la gran caixa de fusta. Els seus carcellers sabien que, si arribés a despertar-se, la fúria de la bèstia empresonada li faria atacar els taulons un cop i un altre, destrossar la seva presó o morir en l'intent.*

*Els seus carcellers sabien que la bèstia era perillosa, que estava feta per matar.*

*Si hagués conservat una part de la seva consciència, la bèstia hauria percebut clarament que la seva presó no estava immòbil. D'alguna manera, la caixa de fusta es desplaçava enmig d'una mena de ronc o de brunzit llunyà, experimentava de tant en tant algun sotrac. Però l'olor del vehicle no arribava a l'aire enrarit de la caixa, i encara menys el vent fresc de la nit de la muntanya.*

*El viatge s'allargava, i la bèstia s'enfonsava en el seu son feixuc, aliena a la seva humiliació, aliena al seu desig d'espai lliure, a la seva set de sang i de lluita.*

*En algun moment d'aquella nit llarguíssima, la inconsciència de la bèstia va tocar fons, va arribar al punt més profund i va començar a remuntar. El seu organisme començava a expulsar el narcòtic i una forta olor d'orins es va començar a escampar pel voltant de la caixa, acompanyant l'inici del seu viatge cap a la superfície, cap a la consciència.*

*Molt gradualment, com qui intenta caminar per un fangar espès, arrencant un peu rere l'altre del llim que el xucla, la bèstia començava a despertar-se. Tremolors espasmòdiques li recorrien els flancs mentre els músculs pugnaven, des de la laxitud que els dominava, per recuperar el to i la força.*

*Va buscar el terra amb les potes i va intentar aixecarse, però era com si els membres haguessin oblidat com fer-ho. Una fiblada de pànic es va insinuar en el seu interior, però l'instint la va ofegar immediatament.*

*En un segon intent, les potes es van poder afermar a terra i els músculs van trobar la força per intentar alçarse, però al seu voltant tot trontollava, es gronxava, girava i oscil·lava, i la bèstia es va haver de deixar caure de nou quan tot just havia començat el gest.*

*Arraulida al fons de la seva presó, respirant amb una ranera cada cop més audible, la bèstia va intentar agafar forces i lluitar contra el seu desconcert.*

*A la cabina del camió, un dels homes va consultar el rellotge amb un gest de nerviosisme visible i va comentar alguna cosa al seu company. L'altre va respondre remugant entre dents, sense apartar ni per un moment la mirada de la carretera, que el feix de llum dels focus mig mostrava en la nit, entre la pluja. Més enllà d'aquell arc de claror, la foscor era absoluta.*

*Plovia cada cop més.*

*La tensió a la cabina del camió creixia a cada instant que passava. L'operació anava de mal borràs, i els dos homes n'eren plenament conscients. En principi, aquell transport a través d'un pas fronterer poc o gens vigilat no hauria hagut de suposar cap mena de problema: la bèstia estava sedada a dins de la caixa, el punt de lliurament no era massa lluny i ningú no tenia cap motiu per sospitar res. Fins i tot el camió, pintat com el d'una agència de mudances, tenia tots els documents en regla.*

*Falsos, però en regla.*

*La primera part de l'operació havia funcionat d'una manera impecable. Havien arribat al magatzem de la companyia naviliera a l'hora prevista, i l'home que ara viatjava com a copilot havia comprovat l'estat de salut de la bèstia abans de sedar-la. Sabia per experiència que, massa sovint, la sedació d'un animal afeblit pel llarg viatge amb vaixell podia acabar amb la seva vida, i el carregament d'aquell dia era massa valuós com perquè estigués disposat a córrer cap risc. Però havia trobat la bèstia en bones condicions, recuperada després d'uns dies en una de les gàbies que amagava la secció oculta del magatzem: sedar-la, ficar-la a la caixa i carregar-la al camió havia estat pura rutina.*

*Pura rutina havia estat també el ràpid viatge cap a la frontera, evitant les rutes més transitades i amb la tranquil·litat de comptar amb prou marge de temps per lliurar la caixa abans que l'efecte de la sedació comencés a passar i manipular la bèstia es convertís en una qüestió problemàtica.*

*I aleshores, de cop, tot s'havia torçat quan una carre-*

*tera tallada per una esllavissada els havia obligat a refer la ruta: un llarg camí alternatiu per carreteres secundàries de muntanya, massa estretes i amb massa revolts, mentre es feia cada cop més de nit i començava a caure una pluja fina, persistent i glaçada.*

*El copilot va tornar a dir alguna cosa, amb un to de tensa preocupació. El temps se'ls tirava al damunt. Per tota resposta, conscient dels perills, el conductor va accelerar.*

*Per aquella estreta carretera de muntanya, molla i plena de revolts, en una nit fosca i plujosa.*

*Una cursa contra el temps, contra el metabolisme de la bèstia, contra la fatalitat.*

*Fins que va succeir l'inevitable.*

*El camió va patinar en un revolt tancat agafat a massa velocitat. Va topar de costat contra la tanca de la carretera, que no va resistir el xoc, i es va estimbar en la penombra per un llarg pendent cobert de roques, invisible en la foscor.*

*En algun moment de la caiguda, la caixa de fusta que era la presó de la bèstia va sortir projectada, va rodolar per terra i va anar finalment a impactar contra el tronc d'un arbre.*

*I es va obrir.*

*Un gran cos fosc va sortir d'entre les restes estellades de la caixa. Un cos desvetllat pel cop, esperonat per la por i la desorientació, que es va perdre en la nit, corrent veloç.*

*Com una ombra.*

# 1 *Vall de Tamasca*

JA FEIA una bona estona que el conductor de l'autocar havia anunciat la primera parada de la vall de Tamasca, un poble petit el nom del qual ella havia oblidat just després de sentir-lo. L'estreta carretera s'havia convertit en un carrer més estret encara, flanquejat per cases amb façanes de pedra fosca, teulades de pissarra i aspecte sever. No es veia ningú, però això era lògic a aquella hora del migdia, perquè la majoria de la gent devia ser a casa acabant de dinar.

Amb les rodes trontollant damunt el vell empedrat, l'autocar havia arribat a una petita plaça i havia anat a aturar-se entre un bar petit i fosc i una botiga de queviures que s'endevinava estreta i trista rere la persiana abaixada. Les portes s'havien obert i dues dones s'havien afanyat a baixar, després d'acomiadar-se del conductor. De tots els passatgers –d'això se n'havia adonat tan bon punt havia pujat a l'autocar, al començament de la línia, davant l'estació de trens de la capital de província–, ella era l'única que no coneixia ni l'home gros i taciturn que conduïa ni, de fet, ningú.

Era l'única forastera.

I tanmateix, si havia arribat fins allà era per quedar-s'hi: aquells pobles, aquella vall, s'havien de convertir en la seva terra, en casa seva, si més no durant els anys següents.

L'Alda va sospirar i va mirar per la finestra mentre l'autocar sortia ja del poble, de camí cap a l'última parada de la línia, el seu destí.

Només dues setmanes enrere, ni tan sols no havia sentit mai a parlar de la vall de Tamasca, i ara vet aquí que es trobava en l'estranya situació de qui examina un lloc desconegut sabent que en poc temps s'ha de convertir en familiar.

Aquells darrers mesos havien estat d'una activitat frenètica. Havia hagut de convalidar els seus estudis, fer cursos de capacitació pedagògica, buscar feina... I també recuperar-se, és clar. Rehabilitació cada dia, visites al metge, exercici físic. Tres intervencions quirúrgiques per intentar reconstruir tot el que *allò* li havia destrossat en un instant.

*Allò* que havia acabat amb la seva professió, que havia canviat de cap a cap la seva vida, que l'obligava a tornar a començar.

Ara arribava a la vall de Tamasca com a... professora de matemàtiques! Es podia imaginar un canvi de vida més radical? Al cap d'un parell de dies ensenyaria fraccions i equacions a grups d'adolescents en un institut que, segons s'havien afanyat a explicar-li quan li van oferir la plaça, no era ni tan sols un institut normal, sinó un centre amb unes característiques ben particulars.

Però les característiques del centre no tenien, de moment, cap importància. El que comptava de debò era que aquella seria la seva nova vida: a partir de l'endemà –o potser a partir d'*allò*, mesos enrere–, ella passaria a ser l'Alda Torres, professora de matemàtiques de secundària. De la seva vida anterior, de la seva professió anterior, no se'n tornaria a parlar mai més, per poc que ella pogués impedir-ho.

Va apartar un instant els ulls de la finestra per passejar la mirada per l'interior de l'autocar. Un jove vestit amb pantalons de ratlles i pentinat amb rastes dormia en un seient de l'última fila. De fet, havia estat dormint des que havien sortit de la ciutat i l'Alda li havia envejat aquella tranquil·litat, aquella despreocupació que ella tan poques vegades a la vida havia sentit.

Uns seients més endavant, dues dones parlaven a mitja veu. Havien deixat als seus peus bosses de colors de diferents botigues: semblaven mestresses de casa que haguessin dedicat el dia a anticipar les compres de Nadal, tot i que eren just a principi d'octubre. El detall també li va cridar l'atenció: als pobles, encara hi havia gent que agafava el cotxe de línia per anar a la capital a fer determinades compres que ella mateixa, en el seu lloc, potser hauria optat per fer per Internet. Les velles tradicions no moren, i qui sap si en aquelles muntanyes encara menys que a cap altre lloc.

Una mica més enllà, un home mudat, amb corbata, havia deixat una cartera al seient del costat i un abric pulcrament plegat al portapaquets. Un professional liberal, potser un agent comercial o alguna cosa per l'estil. Es va preguntar si viatjava d'anada o de tornada. En tot cas, la seva manera de vestir semblava una mica fora de lloc en aquell entorn.

Quan va pensar en la manera de vestir d'aquell home, l'Alda no va poder evitar de mirar la seva pròpia roba. Discreta, funcional, elegant, però sense passar-se. Havia estat la seva germana qui l'havia acompanyat a comprar-la, quan va sortir de l'hospital després de la segona operació. «Has d'aprendre a vestir-te», li havia dit. «No pots anar tota la vida de camionera.» Ella havia protestat, havia dit que no veia cap mal en allò d'anar de *camionera* i que sempre li havia costat de trobar roba que li resultés còmoda. Però hi ha germanes grans que continuen comportant-se com germanes grans encara que ja hagin passat dels trenta anys, i l'Alda al final havia hagut de cedir i deixar-se acompanyar a un seguit de botigues d'on van sortir carregades de bosses i amb una imatge nova per a una vida nova.

Una imatge que va acabar de completar-se quan la seva germana l'havia posat en mans d'una jove perruquera tot dient-li una cosa com ara «a veure si me la deixes una mica presentable».

L'Alda va sospirar pensant en la seva germana, en la poca família que deixava enrere, a la ciutat. Durant aquells mesos de recuperació i estudis, havia viscut a casa dels pares, al barri de quan era petita. Només un temps, abans de tornar a marxar lluny, com havia fet sempre.

Però ella, almenys, havia tornat.

Va dirigir de nou la seva atenció al paisatge que corria a l'altra banda de la finestra. No podien ser ja gaire lluny del poble. La vall s'havia fet més estreta, encaixonada entre altes muntanyes que devien deixar-la a l'ombra la major part del dia. Un riu corria paral·lel a la carretera, i els arbres de la riba tenien tots els colors de la tardor. Més amunt, als vessants de les muntanyes, predominaven els tons foscos dels boscos d'avets i de pi negre. Vall amunt, en direcció al poble, va descobrir una llarga línia recta que s'enfilava per la muntanya fins que gairebé es perdia de vista. Al principi va pensar que era una canalització d'aigua però, en ser més a prop, va veure que es tractava de la via d'un funicular. Probablement es tractava d'un funicular d'obra al servei d'alguna central hidroelèctrica o alguna presa. Una peça d'arqueologia industrial. Es va prometre que l'aniria a veure quan pogués.

A l'altra banda de la vall, al capdamunt d'un turó, una altra construcció li va atreure la mirada. Semblava un castell, però resultava evident que no ho era: les torratxes fantasioses i els amples finestrals oberts en el que en una fortificació de debò haurien estat panys de paret cecs feien pensar més aviat en una construcció modernista, el capritx d'un industrial o d'un ric estiuejant del segle dinou o començament del vint. Probablement, ara era un hotel o alguna cosa per l'estil. Per un moment es va preguntar si no devia ser l'escola on havia d'anar a treballar, però de seguida va descartar la idea: massa apartada del poble.

El castell i el funicular, però, aviat es van perdre de vista quan l'autocar va entrar al poble de Tamasca. L'Alda va veure fugaçment façanes fosques i austeres com les de l'altre poble, abans que el vehicle s'aturés en una plaça empedrada força gran, quadrada, presidida per una gran font de pedra que devia servir antigament per abeurar les bèsties. A una banda hi havia l'església; a l'altra, un parell de botigues –un forn de pa i un herbolari– i l'hostal on havia reservat habitació per a aquella nit, amb la idea de conèixer una mica l'entorn el dia abans d'incorporar-se a la feina.

L'autocar va obrir les portes i tothom es va aixecar. L'Alda ho va fer a poc a poc: la cama no l'havia molestat en tot el viatge, però sabia que es ressentiria d'haver estat tanta estona asseguda. Quan la va recolzar a terra, una ràpida fiblada de dolor li va córrer des de la planta del peu fins al maluc, com una descàrrega elèctrica.

Va serrar les dents i es va afanyar a baixar seguint els altres passatgers per agafar les seves coses del portamaletes.

Es va moure massa de pressa: en el moment de baixar l'escala, la cama li va fallar, i hauria caigut si el noi de les rastes, que anava davant seu, no s'hagués girat i l'hagués entomat amb un moviment ràpid. Ella, però, es va deixar anar amb un gest brusc, clavant-li una mirada hostil. El noi va aixecar les celles, va somriure, va arronsar les espatlles i va marxar carrer enllà tot cordant-se un abric gastat.

L'Alda es va penedir immediatament de la seva reacció. S'hi havia d'acostumar. No només a viure en un poble de muntanya i a ser una professora de matemàtiques de secundària. També, i sobretot, s'havia d'acostumar a ser coixa. Era normal que la gent l'ajudés a les escales. Era normal que la gent li obrís les portes. Era normal que la gent s'esverés si queia.

Per un instant, la ràbia i la pena van estar a punt de fer-la plorar, però va fer un esforç per contenir-se, i quan el conductor va ajudar-la a treure les seves dues maletes, ella li va donar les gràcies i fins i tot va intentar somriure.

Després es va acomiadar i va arrossegar les maletes de rodes en direcció a l'hostal, per damunt l'empedrat allisat pels anys d'una plaça que s'havia anat quedant deserta. Va mirar un moment el cel i va comprovar que era ben blau, però el sol amb prou feines arribava al poble, a causa de l'ombra de les muntanyes. Va pensar en els boscos, en aquella mena de fals castell al capdamunt del turó, en el funicular. Hi havia moltes coses per descobrir en el seu nou entorn. Si la cama l'hi permetia, és clar.

A l'hostal s'entrava a través del bar, un petit bar de poble amb taules fosques i parets decorades amb dos caps de senglar dissecats i alguns pòsters de clubs esportius. En un extrem de la barra, un caseller de fusta a la paret contenia les claus de les habitacions i una dona de mitjana edat amb posat avorrit passava el drap un cop i un altre per una superfície que ja no calia enllustrar més. Al bar no hi havia cap client, a aquella hora.

–Tinc una habitació reservada per a aquesta nit.

La dona va donar una ullada ràpida a una agenda i va treure un formulari per prendre-li les dades. En qualsevol cas, no semblava que l'hostal tingués gaires clients.

–Habitació catorze –va indicar-li–. Té l'ascensor aquí al darrere –va afegir, tot assenyalant un racó que l'escala que pujava a les habitacions mig tapava–. El sopar és a partir de les vuit, al menjador. –I ara va assenyalar una doble porta vidriera, tancada, al fons del bar.

L'Alda va donar les gràcies, va agafar la seva documentació i va passar una mirada ràpida de l'escala a les dues maletes de rodes. Una fiblada de dolor a la cama la va fer acabar de decidir-se, va agafar la clau i va anar cap a l'ascensor.

La Mei detestava haver-se de quedar ajudant a la botiga quan sortia a la tarda de l'institut i a fora, a la plaça, començava a fer-se ràpidament de nit.

Aquella era precisament una de les primeres coses que li havien cridat l'atenció del poble quan hi havia anat a viure: que es fes de nit tan de pressa, gairebé sense penombra ni crepuscle, i s'havia preguntat aleshores si quan vingués la primavera els capvespres serien una mica més llargs i més amables. En qualsevol cas, els de la tardor no eren ni una cosa ni l'altra: fins i tot abans que es pongués realment el sol, l'ombra de la muntanya queia abruptament sobre la vall i es menjava tota la llum mentre un vent glaçat baixava dels vessants per recórrer els carrers. Aleshores, els dies que hi havia classe a la tarda, els nois i noies que, com ella, vivien al poble i, per tant, no havien d'estar interns recorrien a pas viu el mig quilòmetre de camí de terra que els separava del centre i es refugiaven a les seves cases. Per a les converses d'última hora, per a les bromes i les confidències, ja hi havia la missatgeria instantània i les xarxes socials. Potser –havia pensat més d'una vegada– l'inventor del Facebook havia passat l'adolescència en una vall com aquella.

La Mei no havia nascut a Tamasca i ni tan sols no hi havia estat mai abans d'anar-hi a viure, un parell d'anys enrere. Només n'havia sentit a parlar a la mare, que hi havia nascut, i les seves descripcions mai no havien estat ni massa completes ni massa agradables.

A la Tina, la mare de la Mei, no li agradava gens parlar del passat, però la noia, a còpia d'anar unint informacions disperses, havia anat deduint bona part de la seva història. Sabia que havia emigrat a la ciutat de molt jove, segurament abans de fer vint anys, deixant al poble la mare, vídua, que portava juntament amb una tieta l'herbolari de la plaça.

A la ciutat, la Tina no havia fet fortuna. Ben al contrari: havia tingut una vida molt dura, sempre a un pas de la misèria, però s'havia negat obstinadament a donar-se per vençuda i a tornar al poble. Havia conegut un home i havia tingut una filla, la Mei, però la relació havia acabat malament, i havia hagut de pujar la nena tota sola. Només havia tornat a Tamasca una vegada, quan la Mei era un nadó, i en aquella visita havia passat alguna cosa terrible, que l'havia acabat d'enfonsar i de la qual –com de tantíssimes coses– no parlava mai.

Però havien passat els anys, i havia arribat un moment que la Tina es va haver de plantejar la necessitat de buscar un futur millor per a la seva filla, lluny d'aquella perpètua precarietat. La mort de la mare primer i de la tieta anys després la va convertir en la propietària de la vella botiga de remeis, i va decidir deixar-ho tot, vendre les poques coses que tenia i marxar a la vall de Tamasca amb la seva filla.

La Mei, doncs, havia arribat al poble amb catorze anys, arrencada de cop i volta del seu entorn de tota la vida i arrossegada a viure enmig d'una gent que coneixia la família de la seva mare, però que no semblava gens predisposada a parlar-ne. Però, de fet, hi estava acostumada: acostumada a no saber res del seu pare –tot i que havia deduït, per algun comentari de la mare, que havia mort feia molts anys–, i acostumada a tenir només una idea imprecisa de qui havia estat la seva àvia –aquella dona gran, vagament semblant a la mare, que apareixia en alguna vella foto que es conservava a la botiga.

Recordava que, quan s'havien instal·lat al poble i s'havia matriculat a l'institut, la Tina li havia advertit que no esperés fer amics. «Són gent de muntanya», li havia dit; «són esquerps, desconfiats i tancats. I encara que jo vaig néixer aquí, tu no deixes de ser una forastera. Et faran el buit, t'ignoraran. Però tu també tens la sang d'aquí, també ets dura: al final, te'n sortiràs.»

No eren precisament les paraules més encoratjadores

per enviar una noia de catorze anys al seu nou institut. Però, per sort, havien resultat ser completament falses: la Mei havia fet amics de seguida, en poques setmanes s'havia integrat completament al poble i fins i tot havia pogut compartir amb alguns companys i companyes la seva passió per la música. En realitat –pensava de vegades la Mei amb amargor–, si en tota aquella història hi havia alguna persona esquerpa, desconfiada, tancada i dura, era la seva mare.

Però, per molt que la Mei se sentís ara part del poble, no deixava de detestar aquells vespres en què havia de quedar-se a càrrec de la botiga en comptes de pujar a casa, al pis de dalt, per parlar amb els amics o practicar amb el violí o la guitarra. I no era que la botiga en si no li agradés: al contrari, trobava fascinant aquell ambient de perpètua penombra, aquells mobles alts plens de calaixets per als diferents productes, aquells grans pots de llauna per a les herbes, aquella indefinible barreja d'olors que sempre hi regnava. La Tina havia renunciat a canviar i modernitzar el mobiliari, sobretot per una qüestió econòmica, però també per un desig de mantenir l'aspecte que el negoci familiar havia tingut sempre. Aquella era una de les poques coses en què mare i filla estaven completament d'acord, i quan la Mei es posava al darrere d'aquell gran taulell de fusta resseca, pintat d'un color verd clar, escrostonat als cantells, se sentia senyora de tot un món d'antics secrets.

La decisió de la Tina havia tingut, a més, uns efectes comercials inesperats. Veure que la nova propietària mantenia l'estètica del negoci havia caigut bé al poble, i la botiga de remeis havia mantingut i fins i tot ampliat la clientela, alhora que la farmàcia local, que havia sucumbit al reclam de la modernitat, no trobava compradors per als seus productes de cosmètica i medicina natural, ben visibles i endreçats en prestatges de metall i vidre plens de llum.

I aquesta era precisament la part que disgustava a la Mei de les tardes a la botiga: l'entrada i sortida sempre intermitent de clients i clientes –més dones que no pas homes– que, en comptes de limitar-se a comprar el que volien, s'aturaven a conversar o, senzillament, es quedaven mirant amb aire de reprovació el seu aspecte o –sobretot– el seu pentinat. La molestava aquella desfilada de malalties, en molts casos imaginàries, de preguntes, de recerques de dietes miraculoses, aquella exposició d'històries personals i familiars que a ella tant se li'n donaven. Però la molestava sobretot el fet de no poder deixar de pensar que la majoria d'aquella gent sabia més coses d'aquella botiga i de la seva família de les que ella arribaria a saber mai.

Moltes vegades, i cada cop més sovint, havia estat a punt de fer alguna pregunta directa, d'encetar una conversa amb algun comentari del tipus «vostè va conèixer els meus avis?». Però sempre havia acabat tirant-se enrere, pensant que no confiava prou en cap d'aquelles persones i sabent que, si la pregunta arribava a orelles de la seva mare, tindria un problema.

Mentre que la Mei sentia cada cop més curiositat pel passat, a la Tina l'enfuria parlar-ne.

Aquella tarda, precisament, pensava en la possibilitat de parlar amb la vella Agneta de la Codina, que els venia herbes dos cops per setmana, quan la porta es va obrir i va deixar passar una bufada d'aire fred de la plaça, i una completa desconeguda va entrar a la botiga.

Era una dona jove, la Mei dubtava molt que arribés

als trenta anys. Cabells rossencs que s'escapaven de sota una gorra de llana, ulls clars i pell molt bronzejada. Tenia una complexió robusta, musculosa, i unes mans amples que s'intuïen molt fortes. El primer que la Mei va pensar va ser que es tractava d'una esportista, i quan va veure que caminava arrossegant una mica una cama va arribar immediatament a la conclusió que li demanaria algun dels productes que tenien per a les lesions musculars. De seguida, però, abans que acabés de travessar la botiga per arribar al taulell, va corregir aquella primera impressió: la dona caminava d'una manera massa estranya com per pensar en una lesió temporal, era evident que aquella cama estava afectada per alguna cosa molt més greu, molt probablement algun tipus de paràlisi. Però no acabava d'entendre com lligava allò amb aquell aspecte general de persona robusta, esportista i acostumada a la vida a l'aire lliure.

La dona va saludar-la amb un somriure cordial i es va treure de la butxaca una petita llista amb els productes que havia anat a comprar. Un gel per al dolor muscular que utilitzaven molt els esportistes, uns comprimits d'herbes relaxants i un altre producte de medicina natural que la Mei no sabia ben bé per a què servia. En cap moment no va semblar que es fixés en el seu pentinat, i allò va fer que li caigués simpàtica. A canvi, ella va evitar de fer cap comentari sobre la seva cama i fins i tot de posar-hi la mirada.

La dona ja havia pagat i s'acomiadava quan, com si s'ho repensés, es va aturar i va mirar-la.

–Perdona'm la indiscreció, però... vas a l'institut de Tamasca?

La Mei va aixecar les celles, tot pensant que era una pregunta raríssima: evidentment que anava a l'institut.

Tenia quinze anys, i a aquesta edat és obligatori anar-hi, i, naturalment, no hi havia cap altre centre allà a prop. Després va recordar l'època en què era una nena i vivia a la ciutat, on hi ha tantes escoles i instituts que preguntar a algú a quin anava era una cosa ben normal.

–Sí, és clar –va contestar.

–Aleshores potser ens veurem –va dir l'altra–. Hi començo a treballar demà. Alda –es va presentar, mentre li allargava la mà.

–Mei. –La noia no va poder evitar un gest d'estranyesa mentre donava la mà a l'Alda i comprovava que la seva encaixada era tan ferma com li havia fet pensar la seva planta.– Ets... la nova professora de matemàtiques?

L'Alda va somriure i la Mei va pensar que no era lletja.

–Què passa? –va preguntar–. No semblo una professora de matemàtiques?

Una altra pregunta estranya, va pensar la Mei. Tan estranya, que no semblava una pregunta. Com si l'Alda donés per fet que no tenia aspecte de professora de matemàtiques. Com si no se sentís professora de matemàtiques.

Com si allò de ser una professora de matemàtiques fos alguna mena de disfressa.

–No ho sé... –va encertar a dir–. S'ha de tenir algun aspecte especial?

El somriure de l'Alda es va fer més ample.

–Ens veurem demà, doncs –es va acomiadar.

Ja tenia una mà a la maneta de la porta quan es va girar i la va mirar de nou.

–M'agrada el teu pentinat –va comentar.

La Mei es va quedar tan sorpresa que no va poder evitar de ser sincera:

–És la primera vegada que li agrada a algú.

L'Alda va aixecar els ulls al cel.

–Vaja –va dir, riallera–. Aleshores te l'hauràs de canviar!

I va sortir de la botiga deixant la seva futura alumna bocabadada i pensant que tenia tota la raó del món.

*Era ja negra nit quan la fam va despertar la bèstia. Després de córrer sense rumb, esperonada pel pànic i el desconcert, havia anat a jeure amagada entre uns arbustos al fons d'una fondalada. Ara, en despertar-se, el narcòtic havia desaparegut de la seva sang i el dolor, dels seus membres. Ja no estava sotmesa i dominada: ara, ben al contrari, era ella qui dominava, qui es disposava a reclamar un territori en aquell entorn estrany.*

*El seu olfacte va rastrejar la infinitud de missatges que li duia l'aire de la nit. Eren, la majoria, missatges estranys en codis desconeguts: els arbres i les plantes del bosc que l'envoltaven no tenien res a veure amb els del seu bosc, i va intuir vagament que els animals que s'hi devien moure segurament també eren diferents de tot el que havia conegut mai. I la nit tenia una fredor humida també nova per a ella. La part positiva era que no detectava cap rastre de congèneres, i allò volia dir que no seria necessari combatre. Si ningú no havia reclamat aquell territori de caça, se'l podria fer seu, o vagar cercant-ne un de propi fins que es trobés satisfeta.*

*No haver de combatre pel territori volia dir també una altra cosa, vital en l'estat en què es trobava: volia dir que podia dedicar totes les seves energies a la caça, abans que aquella gana cada cop més punyent que sentia comencés a afeblir-la.*

*I va començar a rastrejar preses.*

*Les seves passes la van dur fins a la vora d'una bassa d'aigües tranquil·les a la vora de la qual una platgeta de còdols semblava un lloc ideal perquè els animals s'abeuressin. Es va enfilar a les branques baixes d'un arbre que no coneixia, i, immòbil, ombra entre les ombres, va esperar.*

*La nit va dur-li la flaire d'un ésser desconegut, però que tenia en els seus codis olfactius tots els indicadors de la presa. Amb tots els músculs en tensió, es va acotar damunt la branca, a punt per al salt.*

*El conill no va tenir temps ni tan sols d'intuir aquella mort negra que li queia des de dalt. Una mossegada ràpida li va trencar l'espinada, i ja era mort quan el seu caçador va tocar el terra.*

*Mentre menjava, abans d'anar a beure aigua de la bassa, la bèstia va comprendre, per primera vegada, que viuria.*

L'habitació de l'hostal era tan sòbria i senzilla que, malgrat l'escalfor que escampava un pesant radiador de ferro, transmetia una sensació inevitable de fredor. Un llit, una cadira, un armari encastat, una taula diminuta i una finestra estreta que donava a un pati interior més estret encara. A la paret, una làmina emmarcada d'un quadre clàssic d'aquells que tothom coneix, però que ella no reconeixia. La porta que donava al bany. I prou. Però l'Alda, al cap i a la fi, havia dormit en llocs molt menys acollidors.

Va treure d'una de les maletes només l'imprescindible per passar la nit, sabent que l'endemà marxaria a primera hora, i va deixar un llibre damunt la taula.

Ara que hi pensava, haver arribat al poble amb un dia d'antelació no havia tingut massa sentit. Havia mirat el paisatge, havia passejat per carrers que el vent fred de la tardor deixava deserts i, en resum, s'havia avorrit molt. L'únic detall positiu havia estat la visita a aquella botiga de remeis estranya i fosca i el fet de conèixer aquella noia que potser seria alumna seva.

Va somriure en recordar la Mei. Vestida de fosc, amb una acurada estètica sinistra, i pentinada com un personatge de manga. La típica adolescent en guerra oberta amb el món. Per això li havia dit que s'hauria de canviar el pentinat: perquè aquell pentinat no estava fet perquè agradés als adults, sinó perquè el trobessin malament.

Però el cas era que el comentari de l'Alda havia estat del tot sincer: li havia agradat el pentinat perquè li hauria agradat haver-lo pogut dur ella, perquè envejava aquella llibertat per vestir-se, per pentinar-se, per desafiar el món. L'Alda, de molt jove, havia renunciat a moltes llibertats convençuda que feia el correcte. Ara, però, cada dia dubtava més que realment hagués fet el que calia fer. Havia començat a dubtar després d'*allò*. O potser abans i tot, no ho sabia.

Va somriure mentre entrava al bany per preparar la dutxa. Havia envejat el pentinat de la Mei, havia envejat la tranquil·litat del noi de les rastes dormint a l'autocar... «Al final, acabaré envejant la gent que pot córrer», va pensar amb una mica d'amargor.

Abans de dutxar-se, es va estirar al terra de l'habitació, va pujar una cama dalt de la cadira i es va ajudar amb les mans a pujar l'altra. Va agafar aire i va començar a fer abdominals a un ritme cada cop més fort. Va aturar-se en arribar a cent i es va posar de cara avall, també amb les cames damunt la cadira, amb tot el pes del cos als braços, i va començar amb les flexions.

Havia perdut el ple ús d'una cama, però la resta del cos encara responia com abans.

## 2 *Estranyes benvingudes*

PER FORTUNA, el menjador de l'hostal resultava molt més acollidor que l'habitació. Els clients seien en cadires de fusta fosca i boga, davant robustes taules d'aspecte rústic cobertes amb estovalles de quadres; la decoració de les parets, presidida per un gran rellotge, barrejava cartells turístics, fotografies antigues i trofeus de caça, i en l'ambient surava una densa olor de brou calent que sortia de la cuina. Aproximadament la meitat de les taules estaven ocupades, sobretot per homes sols i alguna parella. Va seure a la taula que li va indicar una noia amb aire atabalat i aviat va tenir al davant un sopar senzill i abundós, ideal per recuperar forces després del pesat viatge.

L'Alda va sopar a poc a poc, contenta pel fet que no hi hagués televisor: en aquells darrers temps, certes imatges dels telenotícies li resultaven especialment difícils de suportar.

En un parell d'ocasions va tenir la sensació que algú l'observava. Va aixecar el cap dissimuladament i totes dues vegades va sorprendre la mateixa mirada: la d'un home gran que seia tot sol en una taula al fons del menjador. Probablement, va pensar, algú del poble, que devia sopar habitualment a l'hostal i que no podia dissimular la seva curiositat davant les cares noves.

Mentre es prenia les postres, va observar ella també dissimuladament el desconegut. Més de seixanta anys, però ben conservat, robust, aparentment fort. Cabells blancs i abundants, però tallats amb elegància, rostre ben afaitat. Havia deixat al damunt de la taula un telèfon mòbil, com si hagués d'estar localitzable malgrat l'hora. Alguna cosa en el seu aspecte li va fer pensar en un metge rural, tot i que es va reconèixer a si mateixa que no sabia quin aspecte se suposava que havia de tenir un metge rural.

En un moment d'aquella observació, les seves mirades van trobar-se i ell, en comptes d'afanyar-se a apartar els ulls, sorprès en la seva tafaneria, va insinuar un somriure murri. I l'Alda, incomprensiblement per a ella mateixa, va correspondre amb un altre mig somriure. Hi havia alguna cosa en aquell home que feia que resultés simpàtic. Alguna cosa, en tot cas, més forta que les seves ganes d'aixecar-se de la taula i anar a dir-li'n quatre de fresques pel fet que la mirés tan descaradament.

Va demanar una infusió en comptes de cafè i, just quan l'hi duien, la porta del menjador es va obrir i va entrar el noi de les rastes de l'autocar, amb una bossa penjant de l'espatlla i caminant amb la mateixa despreocupació d'abans. Li va fer uns vint anys: més jove que ella. Quan va passar prop de la seva taula, ella es va aixecar ràpidament i li va sortir al pas.

–Em sap greu el que ha passat abans –es va disculpar de cop.

El noi la va mirar amb l'estranyesa pintada als ulls i va trigar uns moments a reconeixe-la. Després va somriure.

–No passa res.

–Sí que passa –va insistir ella mentre el convidava

amb un gest a seure a la seva taula–. No hauria hagut de reaccionar d'aquella manera.

El noi va seure mentre saludava amb la mirada alguns dels altres clients de l'hostal, que devia conèixer, entre ells el suposat metge rural.

–Doncs jo trobo que has tingut una reacció molt natural –la va corregir–. Ha de ser molt empipador que tothom t'estigui sempre ajudant. Em sembla que jo em passaria la vida engegant la gent a fer punyetes.

–No ho sé, suposo que al final t'hi acostumes. El que passa és que jo encara no hi he tingut temps.

El noi va assentir amb aire de comprensió, però no va fer preguntes sobre la seva coixesa, cosa que ella va agrair. Va passar la cambrera, i ell va demanar un parell d'entrepans per emportar-se. Mentre els esperava, es va quedar a la taula de l'Alda.

Es deia Quel i era criador de gallines. Gallines i pollastres ecològics, criats amb gra, i que corrien tot el dia en semillibertat per uns grans tancats de la granja. Carn i ous de primera qualitat. Una producció petita, però que es venia tota sola. El seu somni era que l'explotació arribés a ser completament autosuficient, plantar el gra que menjaven les gallines. Si arribava a plantar-lo amb criteris ecològics, aconseguiria que els seus ous duguessin a l'etiqueta el 0 en comptes de l'1 que ja portaven.

–El zero? –es va estranyar l'Alda.

–Sí, a l'etiqueta –va aclarir-li en Quel, que era un autèntic entusiasta quan parlava d'ous i de gallines–. L'etiqueta és el codi que els ous porten imprès a la closca. No t'hi has fixat mai?

L'Alda va haver de reconèixer que mai a la vida no s'havia fixat que els ous duguessin res imprès a la closca, i en Quel es va afanyar a explicar-li que aquell codi de xifres i lletres indicava el tipus de cria de les gallines, el país d'origen i les dades del productor.

–El primer número, del 0 al 3, indica el tipus de producció. Jo tinc l'1, que és l'indicador de gallines de pagès, criades en galliners i corrals a l'aire lliure on es poden moure com volen. El 0 vol dir que, a més, tota l'alimentació que reben és de conreu ecològic. No és fàcil que et donin la qualificació 0, però és el meu somni. I, per cert –va afegir, seriós–, no compris ous del 3. Són inhumans.

L'Alda no va poder reprimir un somriure.

–Què pot tenir d'inhumà un ou? –va preguntar.

El seu to de veu va insinuar, només insinuar, que ella sí que havia conegut coses realment inhumanes. En Quel se'n va adonar, però, novament, es va abstenir de fer preguntes.

–Cria industrial –va explicar, amb un to d'horror a la veu–. Les gallines estan tancades en gàbies individuals on no es poden moure. La il·luminació els crea un ritme artificial de dia i nit per fer-les produir més. Es tornen boges, i els han de tallar el bec perquè no es fereixin.

En la imaginació de l'Alda es va formar una imatge de rengleres interminables de gàbies de gallines mutilades produint sense descans ous marcats amb el número 3. Era una imatge entre sinistra i ridícula que li va fer brandar el cap.

En Quel semblava disposat a continuar parlant de gallines, però just en aquell moment va aparèixer la cambrera amb els entrepans i, al mateix temps, l'home gran que havia estat observant l'Alda es va aixecar de taula.

–Qui és? –es va afanyar a preguntar ella, assenyalant-lo discretament amb el cap.

Per tota resposta, en Quel es va aixecar i va cridar l'home amb un gest perquè s'acostés.

–L'Isaïes, el veterinari del poble –el va presentar–. Tot un personatge i un savi, però també un gran tafaner. Vaja, us he de deixar!

Va agafar els entrepans i va sortir del menjador amb les seves rastes i el seu jersei de ratlles, deixant l'Alda i l'Isaïes cara a cara, a banda i banda de la taula, i visiblement incòmodes.

L'Isaïes va ser el primer a trencar el gel. De prop era un home una mica més baix que ella, de mirada intel·ligent i amb un perpetu mig somriure que de seguida el feia resultar simpàtic.

–Una fantàstica arribada al poble –va dir-li–. Un vell que no para de mirar-la i un jove que li deu haver donat una fascinant conferència sobre gallines. Si no marxa demà mateix no serà perquè no en tingui motius.

–He vingut per quedar-me –va respondre ella–. I vostè, per què em mirava?

–L'he molestat?

Ella va ignorar el fet que havia contestat una pregunta amb una altra pregunta.

–Sí –va dir amb sinceritat–. Però ja m'ha passat.

*Entre les olors que duia el vent de la nit, hi havia també les dels homes, i la bèstia sabia que la proximitat dels homes era el pitjor dels paranys. Calia evitar-los. Calia allunyar-se de les seves construccions, dels seus camins i de les seves llums. Però sabia també que prop d'allà on hi havia homes hi havia també sempre menjar fàcil. I s'adonava que preses com el conill que acabava de devorar eren al mateix temps massa magres i massa difícils de caçar.*

*Volia fugir muntanya amunt, a aquelles altures que pressentia solitàries, però la fam era una cadena que la retenia. Una cadena feta d'olors embogidores, de promeses de caça i d'abundància.*

*La cadena la deixaria allunyar-se dels homes, però, de tant en tant, l'obligaria, ho volgués o no, a acostar-s'hi.*

Per a sorpresa seva, l'Alda no va trigar a alegrar-se d'haver conegut l'Isaïes. Després d'haver reconegut la seva tafaneria, que justificava per les poques cares noves que es veien pel poble, no va trigar a convidar-la a deixar el menjador per anar a prendre alguna cosa al bar. I ella va acceptar, però pensant en la millor manera de treure's de sobre aquell pesat sense tornar a semblar brusca i mal educada.

Només uns minuts més tard, però, ja no sentia cap interès per deixar-lo, i es deixava dur per la seva conversa incansable amb autèntic interès. L'Alda s'havia presentat, per primera vegada, com a professora de matemàtiques de l'institut, i la va sorprendre com li havia resultat de fàcil. De seguida es van tractar de tu.

L'home, a més, havia fet, sense adonar-se'n, un gran pas per guanyar-se la seva confiança: no li havia preguntat per la seva coixesa i ni tan sols no li havia mirat la cama malalta més del realment inevitable. Era un comportament estrany després de la seva tafaneria inicial, però al llarg dels darrers mesos l'Alda havia adquirit el costum de dividir els desconeguts en dues grans categories: els que li preguntaven per la cama i els que no. I no cal dir que els primers no podien aspirar a res més que a la seva hostilitat.

L'Isaïes era un conversador amè i un pou de notícies i informacions sobre el poble i el seu entorn. Seguint el fil de les seves paraules, la vall de Tamasca deixava de ser un espai desconegut i adquiria una coherència i un sentit.

La vall, va explicar-li, es trobava a molta altura i era molt estreta, amb vessants abruptes, plens d'espadats i tarteres. Tot i que el poble estava construït al lloc més planer i assolellat, en cap moment de l'any no tenia gaires hores de sol, i el vent dels cims no parava de bufar-hi, sobretot a les nits. Els hiverns, allà, eren molt durs. Encara no havia caigut cap nevada important, però tan bon punt ho fes tot quedaria glaçat i fins i tot resultaria difícil mantenir oberta la carretera principal.

Al voltant de Tamasca, enfilats als vessants de la muntanya, hi havia un total de set pobles. Eren molt petits, tot just grapats de cases aferrades a la roca, i vivien bàsicament de la ramaderia. A l'hivern, les carreteres estretíssimes que els comunicaven amb la vall quedaven sovint tallades, i circular-hi resultava molt perillós fins i tot en els millors moments. Això plantejava problemes de proveïment i de serveis i, com en tantes zones de muntanya, la dificultat de l'accés a l'ensenyament i la sanitat s'havia convertit en una seriosa amenaça per a la seva supervivència.

–I això és el que fa que l'institut de Tamasca sigui una mica especial –va aventurar l'Alda.

–L'institut i també l'escola, tot unificat –va corregir l'Isaïes–. Comparteixen instal·lacions i comparteixen també internat. A l'hivern, els alumnes que vénen dels pobles petits viuen tota la setmana a l'escola. I, quan el temps és realment dolent, el cap de setmana i tot. És un institut escola residència intermunicipal, perquè la gestió la comparteixen el govern i els ajuntaments de la vall.

L'Alda va assentir. Naturalment, s'havia informat sobre l'institut i sabia que, en realitat, no era un centre tan petit com insinuaven les paraules del veterinari, ja que, en ser l'única residència escolar de la comarca, donava servei a molts alumnes que no eren de la vall de Tamasca, sinó que vivien en altres nuclis dispersos, alguns de força allunyats. Tenia la seu en una antiga casa de repòs d'un orde religiós, un vell edifici de maó amb aires de fortalesa, envoltat de jardins on s'havien aixecat algunes construccions més modernes, sobretot aules, patis i pistes esportives. «No és un institut normal», havia pensat quan n'havia vist les fotografies per Internet, «però, què caram, jo tampoc no sóc una professora de matemàtiques normal!»

Quan es van separar, l'Isaïes es va oferir a acompanyar-la, l'endemà al matí, a l'institut amb cotxe. Va ser l'única al·lusió que el veterinari va fer a la seva coixesa, i ella, de nou, l'hi va agrair.

# 3 *La professora nova*

DES DE LA FINESTRA del dormitori d'en Gerard es dominava una àmplia panoràmica de la vall de Tamasca, amb el poble a un costat i els vessants de les muntanyes, amb les tarteres, els espadats i els boscos de pícees i pins negres enfilant-se fins a l'altura dels prats i, més amunt, fins als cims rocallosos que no trigarien a estar coberts de neu. Just al davant tenia el camí cobert de grava que anava des de l'entrada al recinte de l'institut fins a la porta de l'edifici vell, on hi havia tots els serveis i les habitacions dels alumnes interns, a més dels despatxos i la gran sala d'actes. Més cap a la dreta quedava l'edifici de les aules, unit al vell per un porxo al nivell de la planta baixa i una galeria coberta al primer pis, per a quan la neu i el fred desaconsellaven sortir a l'exterior. Un altre porxo i una altra galeria unia les aules amb l'edifici que feia d'escola de primària. Al davant, a banda i banda del camí d'accés, hi havia el gran pati arbrat i les pistes esportives, mentre que al darrere dels edificis quedava el camp de futbol i la resta del jardí.

L'edifici vell tothom l'anomenava la Casa. En Gerard sempre havia pensat que aquesta denominació no podia ser més encertada: al cap i a la fi, havia passat en aquella habitació gairebé tant de temps com a la de casa seva, i la sentia completament com a pròpia. Cada curs, amb les primeres neus, i moltes vegades abans i tot, com aquell curs, sabia que tocava fer les maletes per anar a instal·lar-s'hi fins que la primavera tornés a obrir les carreteres amb garanties i transitar fins a casa seva, en un veïnat situat en el lloc més alt de la vall, fos completament segur. Sabia que fins i tot molts caps de setmana es quedaria a la residència i que l'únic període que tenia assegurat per anar a casa era el de les vacances de Nadal.

En això, la seva mare es mostrava completament intransigent: el record del pare l'hi obligava.

El pare d'en Gerard havia mort molts anys enrere, quan ell era molt petit. Era transportista, i feia feines de recader a tota la vall. El seu petit camió era l'únic que s'enfilava per les carreteres de muntanya els dies més durs de l'hivern. Però tot i conèixer cada revolt i cada perill, s'havia despenyat un vespre fatídic enmig d'una tempesta de neu. I la mare, que ara es tancava a casa durant els mesos més durs de l'any i dirigia la petita empresa de transports familiar, amb seu a Tamasca, a través del telèfon i Internet, no estava disposada a permetre que el seu fill corregués el mateix perill més vegades de les que eren estrictament necessàries.

En Gerard, doncs, havia passat a la residència bona part de la primària i l'ESO. I la seva habitació d'allà, petita, estreta, però lluminosa, s'havia convertit en el centre del seu món. L'armari encastat on la seva roba s'amuntegava en un desordre que hauria fet posar el crit al cel a la seva mare. El llit, amb els peus dirigits cap a la finestra, i la tauleta al costat, amb uns quants llibres i el despertador. El gran radiador de ferro que, a les nits, deixava anar tota mena de sorolls que de petit li havien fet por i de gran, companyia. La taula d'estudi, amb més llibres i l'ordinador portàtil que feia servir per estudiar, per parlar amb els companys i per retocar fotografies. Els calaixos on el material escolar compartia espai amb el fotogràfic. I, a les parets, unes quantes fotografies; una de gran, feta per la seva mare, on es veia el seu grup musical, Ferrats, en el primer concert que van fer a la sala d'actes de l'escola: en Gerard al baix, la Mei a la guitarra, en Daniel a l'acordió i la Sara a la bateria. Les altres, més petites, fetes per ell mateix; la majoria plans curts, detalls insignificants que, destacats per l'ull de la càmera, adquirien una personalitat nova: el pany d'una vella porta, les vetes de la fusta en un moble, les taques de rovell als rails de l'antic funicular miner de la vall, que un dia escalaria, com havien fet abans el seu pare i tants altres nois de Tamasca. Sí, aquella habitació resumia perfectament el seu món: els estudis, la música, la fotografia i, de fons, el paisatge de la seva vall.

El soroll d'unes passes precipitades al passadís el va arrencar de les seves meditacions i li va fer llançar una ullada ràpida al rellotge. Es feia tard, encara no havia acabat de vestir-se i la senyora Antònia, l'encarregada de la cantina, no podia suportar els alumnes que anaven amb el temps just i esmorzaven a corre-cuita, exposant-se, segons ella, a tota mena de males digestions. A més, encara havia de comentar amb en Daniel un parell de coses sobre els assajos.

La setmana de classes continuava. Una altra setmana del primer trimestre, amb tot el curs per davant i la perspectiva de l'hivern al damunt.

Una com tantes.

Quan l'Alda va sortir de l'hostal a primera hora del matí, l'Isaïes l'esperava a la porta amb el seu cotxe, un vell Land Rover d'un color verd apagat, ple de rascades i bonys, que potser hauria fet més bon paper en un museu que no en una carretera, però que no semblava massa fora de lloc en aquell entorn.

La plaça era encara fosca, sota l'ombra de les muntanyes, i l'Alda es va preguntar si en algun moment del dia hi tocava el sol de ple. Precisament ella no l'enyoraria mai massa, el sol, però trobava que tanta penombra també era excessiva.

En veure-la, el veterinari va baixar ràpidament del tot terreny i es va afanyar a ajudar-la amb les maletes tot donant-li el bon dia.

–M'hauràs de disculpar pel cotxe: no és precisament confortable i no fa precisament olor d'ambientador, però és el que tinc –va explicar l'home mentre obria, amb un fort grinyol metàl·lic, una de les portes del darrere per deixar l'equipatge al seient.

Quan l'Alda va pujar al seient de l'acompanyant, de seguida va comprendre a què es referia el veterinari. Dins l'habitacle regnava una estranya barreja d'olor animal –de gos, probablement– amb sentor de gasoil, que qualsevol hauria trobat desagradable. A ella, en canvi, amb aquella força evocadora que té l'olfacte, l'olor de gasoil en un espai tancat, sumada a la sensació de ser dalt d'un vehicle, li va disparar els mecanismes de la memòria. Va fer un esforç per contenir-se, però, quan el veterinari va pujar al cotxe, va haver de dissimular que se li havien humitejat els ulls.

–Som-hi! –va fer l'Isaïes, mentre el motor es posava

en marxa enmig d'un núvol pudent de fum de gasoil que semblava voler destrossar aquella teoria urbanita segons la qual els habitants dels petits pobles de muntanya són una mena de paradigma de l'ecologisme.

Van enfilar el carrer major entre sotracs, sorolls i vibracions, mentre l'Alda arribava a la conclusió que aquell cotxe, malgrat els seus defectes evidents, resultava més simpàtic i probablement més fiable que qualsevol altre de més modern que pogués rondar pel poble.

–Moltes vegades he de traslladar animals fins al consultori amb les gàbies que duc al maleter –va explicar el veterinari, fent-se sentir per damunt del soroll del motor i les vibracions de la planxa–. L'olor és inevitable, saps?

–No pateixis, que no sóc tan delicada –el va tranquil·litzar ella quan arribaven a les últimes cases del poble.

Va aixecar la mirada. El sol il·luminava ja el vessant de la muntanya, i queia directament damunt la línia recta del funicular que havia vist el dia anterior. La via arrencava d'un edifici industrial abandonat prop del poble, i s'enfilava molt dreta fins a perdre's de vista molt amunt, en un bosquet atapeït, gairebé al límit de l'altura on arribaven els arbres.

–Ahir em va cridar l'atenció aquell funicular –va comentar, comptant que no caldria res més per atiar la loquacitat de l'Isaïes.

–El vell funicular miner –va dir ell–. A la vall hi va haver mines de ferro fins als anys quaranta del segle passat, quan van tancar perquè no eren rendibles. El funicular donava servei a les galeries més altes, que són en aquell bosquet. El camí que hi portava ja era dolent i llarguíssim en aquella època, i el funicular estalviava una barbaritat de temps de viatge. Quan les mines van tancar, el funicular va quedar abandonat...

El cotxe circulava ara per una carretera vorejada d'arbres que corria paral·lela a un rierol. Després d'una pausa, l'Isaïes va continuar explicant:

–Aleshores va néixer una tradició entre el jovent del poble. Una tradició que encara és viva ara, no et pensis!

–Una tradició? –es va estranyar l'Alda.

–Escalar el funicular! Pujar seguint la via fins al capdamunt. És una mena de prova de valor, o de maduresa, o d'iniciació, o digue-li com vulguis.

–Una tradició simpàtica –se li va escapar a ella.

–No et pensis! –la va rectificar el veterinari–. L'ascensió no és cap joc: la via puja molt vertical, hi ha trams en què t'has d'anar agafant a les travesses com si fossin una escala. El camí és llarg i esgotador. Però, quan un és jove...

–Tu hi vas pujar?

–És clar que sí! –va riure ell–. Als catorze anys! Però ara, mira, ja arribem...

La primera impressió que l'Alda va tenir de l'institut de Tamasca va ser desconcertant. La carretera anava a desembocar en unes altes portes de reixa que s'obrien en un mur imponent de maó que corria fins a perdre's de vista a banda i banda. Les portes, a aquella hora, estaven obertes de bat a bat, ja que els alumnes que no estaven interns no trigarien a començar a arribar.

Si allò era l'institut de la vall de Tamasca, estava clar que no s'assemblava a cap que ella hagués conegut abans, o, en tot cas, no a aquell edifici gris i urbà, funcional i monòton, on ella havia estudiat, al seu barri. Passada la reixa de l'entrada, el cotxe va continuar rodant per un camí de grava que tenia a l'esquerra un gran pati arbrat, on alguns nois i noies seien en bancs tot conversant o se saludaven abans d'anar cap a les classes, i a l'altre, unes pistes d'esport de formigó, on les primeres pilotes de bàsquet del matí volaven ja cap a les cistelles. I al davant, al final del camí, l'edifici principal de l'escola, una gran construcció de tres pisos, de maó vist i coronada per teulades de fort pendent, amb llargues rengleres de finestres estretes als pisos i finestrals molt més amples a la planta baixa, i una gran porta principal de tres cossos, gran com la d'una església, al capdamunt d'una escalinata de pedra.

A banda i banda de l'edifici, però connectats a aquest per galeries a l'altura del primer pis, que formaven un porxo cobert a nivell de carrer, hi havia dos altres edificis, molt més moderns, que va suposar que contenien les aules de l'escola i de l'institut.

–Ja hi som! –va anunciar l'Isaïes tot aturant el cotxe davant l'escalinata principal–. Les habitacions, els despatxos i els menjadors són en aquest edifici, i les aules als dos més moderns. Suposo que ja t'esperen, no?

L'Alda va assentir amb gest distret mentre baixava del cotxe i recorria l'escola amb la mirada, tot preguntant-se on havia anat a parar. El Tamasca tenia aquell estil inconfusible, al mateix temps antic i intemporal, dels edificis de les grans escoles religioses de les ciutats, i fins i tot semblava una mica fora de lloc en aquella vall d'alta muntanya. Es va preguntar com devia ser per als nens i els adolescents estar interns en un lloc com aquell, que no tenia res a veure amb les modernes i funcionals residències d'estudiants. Va imaginar corredisses nocturnes pels passadissos, audaces exploracions dels mil racons amagats que segur que tenia l'edifici.

Seria tota una experiència treballar-hi, viure-hi.

La veu de l'Isaïes, que havia baixat les maletes del Land Rover, la va arrencar de la contemplació.

–Tothom fa la mateixa cara quan hi arriba. Però no facis cas de la pinta de castell de la bruixa que té: un cop a dintre, és una escola d'allò més normal.

–Ja m'ho penso...

–Mira, ja et vénen a rebre!

Una porteta encastada a la gran porta principal acabava d'obrir-se per donar pas a dues persones. La primera, que va baixar ràpidament l'escalinata cap a ells, era una dona que voltava els cinquanta anys, alta i prima, amb els cabells grisos tallats curts i vestida amb senzillesa, que els va saludar amb un ample somriure; l'altre, un home més jove, vestit amb texans i samarreta, que empenyia un carretó de transportista i havia anat a buscar la rampa que baixava per un costat de l'escala. Segurament era el conserge, i l'Alda, que en veure l'edifici no havia pogut evitar d'imaginar-se un porter d'uniforme, es va alegrar d'haver-se equivocat en aquest punt.

–L'Encarnació i en Mingo –va apuntar ràpidament l'Isaïes–. Entre tots dos fan funcionar tot això.

La dona va baixar els graons pràcticament a pas de cursa i es va plantar davant d'ella. Tenia una mirada franca i riallera en uns ulls menuts i espurnejants, i tota ella traspuava energia i entusiasme, tan encomanadissos que a l'Alda se li va escapar a l'instant un somriure.

–Alda Torres? –va preguntar. I, davant l'assentiment d'ella, va continuar gairebé sense pausa:– Sóc l'Encarnació, la directora. Encara que els nois em diuen Enka, amb k, i també coses pitjors que faig veure que no sento.

Va semblar que dubtava si fer-li un petó o allargar-li la mà, però finalment van encaixar amb força, just abans que la directora saludés l'Isaïes, aquest sí, amb una mitja abraçada i un alegre «salut, doctor».

–En Mingo et pujarà l'equipatge –va afegir l'Encarnació, al mateix temps que li presentava l'home del carretó–. Ara hem d'anar a fer quatre papers al despatx, i després ja t'instal·laràs, si et sembla.

Entre el conserge i l'Isaïes van amuntegar les maletes al carretó. En Mingo era un home d'aspecte agradable, i la seva encaixada va confirmar aquesta primera sensació positiva. L'Alda acostumava a jutjar les persones per dues coses: la manera de donar-li la mà i la manera de mirar-li la cama dreta. I rarament s'equivocava.

Encara s'estaven presentant quan va sonar el mòbil de l'Isaïes. El veterinari es va apartar unes passes per contestar i, després d'intercanviar unes frases ràpides amb el seu interlocutor, va penjar i es va girar cap a ells amb un gest de disculpa.

–A una vaca de cal Met se li ha complicat el part –va anunciar–. Em sap greu no poder-me quedar més estona.

Va pujar ràpidament al tot terreny i va engegar el motor.

–Ja ens veurem pel poble! –es va acomiadar l'Alda–. I gràcies!

Després, quan el cotxe es va perdre de vista pel camí, es va girar cap a la directora i el conserge.

–L'escala...? –va insinuar la directora.

I l'Alda va comprendre que aquella frase inacabada seria l'única referència a la seva discapacitat que li arribaria a sentir.

–Puc, no pateixis –va respondre amb un somriure tot començant a pujar, agafada a la barana.

La porta donava a un gran vestíbul de sostre molt alt, sumit en la penombra. A un costat hi havia una garita de vidre i alumini per al conserge i a l'altre, dos grans panells de suro amb llistes i comunicacions diverses de l'escola. Una ampla escala s'enfilava cap al pis superior i, a banda i banda, dues altes portes vidrieres acabades en arcs conduïen a les dues ales de la planta baixa. L'Encarnació, que li havia obert la porta d'entrada per deixar-la passar, la va guiar ara cap a la de la dreta, que estava oberta. No havia pogut dissimular un gest de preocupació en veure-la pujar l'escalinata, però s'havia abstingut de dir res. Mentre la guiava per un llarg passadís flanquejat per despatxos, però, no es va poder estar de fer un comentari sobre l'altre tema que, sens dubte, l'havia tingut encuriosida.

–He de reconèixer que el teu currículum em va... –va fer una pausa dubitativa, per triar la paraula– sorprendre una mica, d'entrada.

–És un canvi de feina com qualsevol altre –va tallar-la l'Alda, amb un punt de por de mostrar-se massa brusca. No volia que amb l'Encarnació li passés el mateix que amb el noi de les gallines.

La directora la va comprendre immediatament.

–No vols que se sàpiga... –va aventurar.

–Val més que no. I, especialment, no vull que ho sàpiguen els alumnes. Els adolescents tenen molta imaginació, i jo només he de ser la professora de matemàtiques nova.

–De fet, només ho sé jo –va dir l'Encarnació, just quan arribaven a la porta del seu despatx–. Els altres professors no en saben res.

–Gràcies –va somriure l'Alda. El petit moment de tensió havia passat sense conflicte. Li queia bé, aquella directora.

–Només hi ha un altre tema que em preocupa –va comentar l'Encarnació, quan ja seien a banda i banda de la taula del despatx–. Ja has vist que aquest edifici és molt gran. Els passadissos són llarguíssims i només hi ha ascensor a aquesta banda, al costat del vestíbul. I l'edifici de l'institut té el mateix problema.

–Si em canso, portaré bastó, Enka. –Se li va escapar tractar-la pel sobrenom, però el somriure de la directora li va confirmar immediatament que li havia fet gràcia.– Si he arribat fins aquí després de tot el que m'ha passat, no serà un passadís llarg el que em farà tirar enrere.

Al despatx de la directora, les formalitats administratives van ser ràpides i en ben poca estona l'Encarnació va poder guiar l'Alda en una visita per l'edifici principal –«la Casa», li va aclarir que en deia tothom– i l'edifici de secundària –«l'institut».

En una de les ales de la planta baixa de la Casa, entrant a la dreta, hi havia els despatxos, on la directora va presentar-li la secretària del centre, i una gran sala d'actes, completament buida a aquella hora. A l'altra ala van visitar la biblioteca, la sala de jocs –una sala espaiosa, amb taules rodones i prestatges amb llibres, revistes i jocs de taula–, la cuina –un espai clar, amb mobiliari funcional d'alumini, que contrastava amb l'aspecte antic de l'edifici– i el gran menjador, on un grup força nombrós d'alumnes estava acabant d'esmorzar, entre bullici i cares de son, controlats per una senyora de mitjana edat, d'aspecte enèrgic i mirada múrria, que l'Encarnació va presentar-li com l'Antònia, encarregada del menjador i, durant la resta del dia, de la cantina de l'institut.

–La professora nova, no? –va saludar-la l'Antònia–. Ja veurà com s'hi trobarà bé, aquí. Són una colla de poca-soltes –va comentar, amb un gest que abraçava des de les taules de primària, amb les cadires baixes, fins a les de batxillerat–, però bons nanos. –Es va interrompre de cop en veure com la porta del menjador s'obria i dos nois d'uns quinze anys entraven ràpidament, però intentant no cridar massa l'atenció.– Gerard i Daniel! Ja torneu a baixar tard. Després esmorzeu malament i no teniu forces o se us assenta malament. Va, de pressa!

L'esbronc, fet amb un to simpàtic de tieta empipada, va fer somriure l'Alda. Quan ella anava a l'institut, la senyora de la cantina ja era un personatge sempre alerta, disposat a renyar-los si considerava que no menjaven bé i a preguntar-los què els passava si feien mala cara. Era bonic veure que algunes coses no havien canviat amb el temps.

Van passar tot seguit al menjador dels professors, situat just al costat. En aquell moment, un home i una dona, força joves, acabaven amb calma un cafè amb llet, i l'Alda va deduir que tots dos es devien allotjar al centre, com faria ella. En Faust, professor de llengua, era el tutor d'un dels tercers d'ESO, i la Maribel era professora de física i química. El primer que l'Alda va pensar quan l'Encarnació els hi va presentar va ser que la directora no l'havia enganyat quan li havia dit que ningú més que ella no coneixia el seu passat: en cap dels dos professors no va sorprendre aquella mirada de curiositat que hauria estat inevitable si n'haguessin sabut alguna cosa.

–Començaràs aquest mateix matí? –va preguntar en Faust.

–Sí. M'acabo d'instal·lar i m'hi poso. Just després del pati.

En Faust va llançar una mirada ràpida a la taula d'horaris que hi havia penjada a la paret, al costat d'un parell de cartells turístics de la comarca.

–Aleshores, la teva primera classe serà contra el meu tercer. Després te'ls presento!

En Gerard i en Daniel es van afanyar a agafar-se l'esmorzar i anar a seure en una taula lliure. Els feia gràcia aquella tendència de la senyora Antònia a tractar-los com quan feien primer de primària i no s'acabaven la verdura, però tampoc no volien fer-la empipar. El gran rellotge de paret que presidia el menjador marcava el temps que tenien abans d'anar cap a classe, i tots dos sabien que esmorzant amb una mica de calma es farien perdonar el fet d'haver arribat tard.

En Daniel era el millor amic d'en Gerard des que feien primer d'ESO. Tots dos havien coincidit a l'internat del Tamasca, provinents de dos poblets de la vall, i havien estat veïns d'habitació durant aquells anys. Junts havien fundat Ferrats, el grup musical que havia fet ja algun concert en festes dels pobles dels voltants, amb en Gerard a la guitarra, en Daniel a l'acordió i la Sara, una companya del mateix curs, a la bateria.

Segurament, el trio no hauria estat mai res més que una distracció, una manera de passar-s'ho bé després de classe, si el curs anterior no hagués arribat a l'institut la Mei. La Mei amb el seu violí, la seva guitarra elèctrica, la seva formació musical, el seu pentinat de personatge de manga i el seu aspecte emo –urbana, sinistra, desconfiada–, que amagaven una noia sociable, però amb les idees molt clares.

Amb l'entrada de la Mei al grup, Ferrats va abandonar les melodies fàcils, les peces barreja de pop i temes tradicionals de la vall, per llançar-se pels camins de la música contemporània més elaborada. No havien deixat les cançons de sempre, és clar, però cada cop més sovint incloïen als concerts composicions que deixaven tothom descol·locat en un primer moment, però que després, en general, agradaven molt.

Durant aquell curs havien estat preparant el que segurament era la composició més ambiciosa de la Mei, una peça instrumental que volia resumir amb sons la història de la vall de Tamasca i que duia un títol prou evocador per a tothom que hi hagués nascut: *La balada del funicular miner.*

Al primer i al segon pis de la Casa era on hi havia els dormitoris. A partir de l'escala central, que l'Alda va insistir a pujar prescindint de l'ascensor, un únic passadís recorria en línia recta tot el llarg de l'edifici. A banda i banda d'aquell passadís s'obrien les portes de les habitacions i al final hi havia els serveis i les dutxes. Les dues ales de l'edifici estaven reservades l'una per als nois i l'altra per a les noies.

L'Encarnació va explicar-li que, en principi, les habitacions del primer pis, més grans, eren dobles i destinades als alumnes de primària i les del segon, més petites, eren individuals, per als de secundària.

–Els grans necessiten tenir el seu espai –va aclarir la directora–. A més, quan més interns tenim és a l'hivern, que és quan no es poden fer gaires coses a l'exterior i han de passar força temps a les habitacions.

A cada pis, just davant l'escala, hi havia un taulell de conserge, un detall que va fer gràcia a l'Alda.

–Vigilància nocturna? –va preguntar, somrient.

–És clar. Un conserge de nit a cada pis i una infermera de guàrdia. Sempre hi ha algú que es troba malament, que té un malson...

–I corredisses entre les habitacions dels nois i les de les noies... –va aventurar l'Alda, divertida.

–I tant! –Ara, l'Encarnació també va somriure.– Són adolescents, caram! Ells ho intenten i nosaltres ho impedim. Cadascú té el seu paper.

–I segur que alguna escapada per anar als bars del poble i tot! –va anar una mica més lluny la professora nova.

–N'hi ha hagut, n'hi ha hagut! –La directora va riure obertament, mentre totes dues enfilaven el passadís de l'ala de les noies del pis de dalt.– Els que fa més anys que són aquí coneixen tots els racons de l'edifici i sempre poden trobar com sortir-ne. I el recinte exterior està tancat per un mur, però això no és cap fortalesa, i coneixen els llocs per on es pot saltar. Cada vegada que ho han intentat hi ha hagut esbroncades, expedients, avisos als pares, amenaces d'expulsió... Però, saps?, no tindrien sang a les venes si no ho intentessin!

–Potser fins i tot van a escalar el funicular miner! –va saltar l'Alda, recordant les explicacions de l'Isaïes.

Es va sorprendre en veure que l'expressió de l'Encarnació canviava de cop per posar-se seriosa.

–Això sí que no! –va exclamar–. Una cosa és fer una trapelleria de criatures, i una altra de molt diferent arriscar la vida.

–Jo creia...

–Sí, sí –va fer la directora esforçant-se per assuavir l'expressió–, segur que l'Isaïes t'ho ha explicat com un bonic costum local, però grimpar pel funicular de Tamasca no és cap broma. –Va fer una pausa fregant-se la barbeta, com qui s'esforça per recordar un nom, i després va afegir:– Has sentit a parlar del Gelmerbahn?

L'Alda va negar amb el cap. Havien arribat davant la porta d'una habitació, a mig passadís, i l'Encarnació es treia ja una clau de la butxaca.

–És el funicular amb més pendent d'Europa, a Suïssa. Un antic funicular d'obra de començament del segle XX restaurat per a ús turístic. No sé quines inclinacions té el nostre, però es veu que hi ha un tram que queda molts pocs graus per sota del Gelmerbahn. Amb l'agreujant que el nostre està en ruïnes i mai no pots saber si les travesses de la via són segures per posar-hi els peus. Si sents a parlar de cap alumne que ho vulgui intentar, encara que només ho sospitis, m'ho has de dir de seguida!

L'Encarnació va obrir la porta i va fer-la passar a una habitació. La seva habitació. Llarga i estreta, amb el llit a tocar de la porta i una tauleta de treball al costat de la finestra, un armari força gran, parets nues amb la sola excepció d'un mirall. Una cortina gruixuda mig tapant una àmplia vista del recinte de l'escola, amb les muntanyes de fons. Un enorme radiador de ferro, com per recordar que el temps no trigaria a ser molt fred. En Mingo havia deixat el seu equipatge als peus del llit, i va suposar que tindria temps de desar les coses abans d'anar cap a la seva primera classe. L'Alda va trobar l'habitació agradable. Sabia que la majoria dels professors optaven per llogar alguna habitació o un pis al poble, però ella no tenia família, i quan li havien ofert l'allotjament no ho havia dubtat ni un instant.

–Bé, t'agrada? –va preguntar-li l'Encarnació.

–La majoria de les habitacions que he tingut a la vida no eren ni la quarta part d'acollidores –va respondre l'Alda, sense pensar-s'hi, completament sincera. De cua d'ull, va veure com la directora assentia en silenci, entenent perfectament el que havia volgut dir.

Van quedar que aprofitaria l'estona que faltava per a l'hora del pati per endreçar les seves coses. Després, l'Encarnació i en Faust la passarien a buscar per ensenyar-li la part de l'institut i deixar-la davant la seva primera classe.

La directora ja havia sortit al passadís i s'allunyava cap a l'escala quan la porta de l'habitació es va obrir de nou i l'Alda va treure el cap.

–Enka!

–Digues.

–Et semblarà una pregunta rara, però..., quina inclinació té el Gelmerbahn aquest que dius?

L'Encarnació va somriure. Li agradava la frescor decidida d'aquella noia i li era simpàtica la manera com la tractava pel sobrenom.

–Si no ho recordo malament, hi ha un tram del 106 %.

Mentre marxava en direcció a l'escala, va sentir el xiulet d'admiració i comprensió de la professora nova.

A la porta de l'aula de tercer, i malgrat el que poguessin dir l'Encarnació o l'Isaïes, no hi havia ni un sol adolescent que estigués pensant, ni de lluny, en la possibilitat d'escalar el funicular miner de la vall. Si un tema acaparava l'atenció de tothom, aquest era l'arribada de la nova professora de matemàtiques per substituir la que havien tingut fins aleshores. I allò, és clar, convertia la Mei, que l'havia conegut casualment el dia abans, en el centre d'atenció.

Quan en Gerard i en Daniel van arribar davant l'aula, van trobar les altres dues components de Ferrats al centre d'una rotllana de companys i companyes encuriosits. Veient-les de lluny, en Gerard va sentir com sempre simultàniament l'impuls de somriure pel contrast entre l'aspecte de totes dues i aquella mena de vaga fiblada al cor que darrerament sentia sempre que mirava la Mei.

Posada al centre del grup, la Mei es feia notar de seguida per la seva planta. Més alta que la mitjana, solia anar vestida molt sòbriament de negre, sense cap ornament, cosa que feia destacar el seu to de pell, molt blanc. El que més cridava l'atenció en ella, però, era el pentinat, amb els cabells de tota la banda dreta del cap tallats molt curts, gairebé a l'u, i els de la banda esquerra llargs i tirats endavant, formant un ampli serrell negríssim que gairebé li tapava mitja cara. Quan la va conèixer, l'any anterior, quan la mare i ella havien anat a viure a Tamasca i s'havien fet càrrec de la botiga d'herbes i remeis de la família, en Daniel, que era un otaku apassionat, havia fet a l'instant el comentari que millor definia el pentinat de la Mei: «Mira, tu: la tia aquella intenta dur el cap com en Son Goku i com en Krilin al mateix temps.»

En aquells primers dies a l'institut, la Mei s'havia esforçat per mantenir un tracte distant i esquerp amb tothom, com si no sentís cap interès per integrar-se. Però si aquella havia estat la seva intenció, el seu aspecte li havia anat en contra: tothom havia sentit cap a ella una curiositat encara més gran que la que hauria generat qualsevol altra nouvinguda al poble i a l'institut, i les constants mostres d'interès havien fet que la seva cuirassa de fredor i de distància només durés un parell de dies. Ara, passat el temps, era una companya més i a ningú no li cridava ja l'atenció ni la seva manera de vestir urbanita ni el seu pentinat de personatge manga.

Quan era al seu costat, la Sara, el quart component de Ferrats, no podia oferir un contrast més gran: tan baixeta i cepada com alta i prima era la seva companya, vestida invariablement amb texans, camises de quadres i jerseis sense forma, i tan filla de les muntanyes de Tamasca com la Mei era producte de la gran ciutat. La bateria i l'hoquei sobre patins li havien proporcionat uns braços robustos, que en els seus moments baixos trobava poc femenins, i els seus cabells negres i rinxolats mai no havien conegut cap pentinat tan complicat com el de l'altra. La Sara era una noia alegre, de rialla fàcil, una noia d'aquelles que queia bé a tothom i que atreia les mirades de més d'un noi.

Especialment, d'en Daniel.

Perquè un detall graciós del grup Ferrats era el joc no només de complicitats, sinó fins i tot de semblances físiques que s'havia anat formant entre els seus quatre membres. I mentre en Daniel, de mitjana alçada i tirant a grassó, se sentia cada dia més atret per la Sara, a en Gerard cada dia se li en anaven més els ulls rere la Mei, tan alta i prima com ell. El temps havia de dir encara si d'aquells jocs de mirades arribarien a sortir algun dia dues parelles: no semblava que la Sara mostrés massa interès per tenir xicot, mentre que alguns dels rampells enigmàtics de la Mei aconseguien de vegades inquietar en Gerard.

Van passar les primeres hores de classe, va passar també el pati, i els alumnes van tornar a l'aula plens d'una curiositat gens dissimulada. Tocava matemàtiques, i tots estaven ja asseguts i en silenci quan la porta es va obrir i va entrar la professora nova.

Va entrar acompanyada per en Faust, el tutor del curs, que lluïa el seu habitual aspecte de bon jan despistat i els mirava amb aquella habitual barreja de simpatia i recel que sempre mostrava a classe. La professora era alta i semblava forta, molt morena de pell i amb els cabells rossencs agafats amb cua; anava vestida d'una manera molt neutra i des del primer moment, des de la primera mirada que va passejar per la classe, els va mirar a la cara, sense dissimular un gest de reconeixement en veure la Mei i un altre en veure en Gerard i en Daniel, que també l'havien reconegut. Els va cridar l'atenció que anés coixa, o més aviat que arrossegués un peu d'una manera estranya en caminar, però els pantalons que duia, amples i de tela lleugera, dissimulaven prou la forma de les cames com perquè fos impossible de dir si allò era una simple lesió o un problema més greu.

En Faust va fer ràpidament les presentacions i va marxar corrents cap al grup de primer que l'esperava.

I, per primera vegada, l'Alda va quedar sola davant una classe.

Va anar cap a la taula i s'hi va recolzar, al mateix temps que agafava un guix per tenir les mans ocupades. Els alumnes de la primera fila van detectar-li de seguida un mig somriure, com si d'alguna manera trobés divertida aquella situació.

–Em dic Alda Torres i seré la vostra professora de matemàtiques durant el que queda de curs. –La veu, plena d'energia, va omplir tots els racons de l'aula.– M'agraden les matemàtiques. Són part de la meva vida, i les he viscut d'una manera que no us podeu ni imaginar. En canvi, l'ensenyament no l'he viscut. M'he format, he fet pràctiques, però vosaltres sou el meu primer curs.

Es van sentir algunes expressions d'estranyesa. No era normal que algú reconegués amb tanta sinceritat la seva poca experiència, i aquesta franquesa va fer que l'Alda, sense ser-ne conscient, es guanyés unes quantes simpaties entre els seus alumnes.

–A més –va continuar–, sóc nova a l'escola, a la vall i al poble. De fet, sóc tan nova que fins fa uns dies em pensava que això de les escoles amb internat només existia en les novel·les juvenils angleses. Però hem d'aconseguir que l'adaptació sigui ràpida i que el canvi de professora no us afecti el ritme de treball.

L'Alda es va separar de la taula i va anar cap a la pissarra.

–He repassat el temari, el vostre llibre i vaig parlar amb la vostra professora. Però ara he de veure com treballeu per ajustar el meu ritme al vostre.

Va començar a escriure ràpidament a la pissarra. Un polinomi a una banda. Una equació de segon grau a l'altra. Després es va girar ràpidament i va assenyalar, a l'atzar, la Sara.

–Vols sortir a la pissarra a simplificar aquesta expressió?

La Sara, molt seriosa, es va aixecar i va anar a agafar el guix, després de dir el seu nom. Immediatament, la professora va fer sortir en Gerard a resoldre l'equació.

Durant uns minuts, l'únic soroll a la classe va ser el del guix a la pissarra. Però els ritmes eren molt diferents: mentre la Sara escrivia a tota velocitat, en Gerard escrivia, dubtava, esborrava, i ho passava molt malament.

Abans que la Sara acabés l'exercici i que en Gerard es donés per vençut, l'Alda els va fer parar.

–Ho has fet bé, Sara –va comentar–. Has comès un error, però sortir a la pissarra així en fred atabala qualsevol. –Es va girar cap a la classe.– Quants de vosaltres creieu que ho hauríeu fet com la Sara?

Es van aixecar algunes mans. No gaires. L'Alda va mig somriure i va enviar la Sara a seure.

Quan es va girar cap a en Gerard, la tensió a la classe era ben palpable. Tots sabien que el que passés en els propers moments definiria sense cap dubte la manera de ser de la professora nova. Tots havien conegut professors que feien el paper de col·lega, però després no tenien cap inconvenient a humiliar un alumne que no se'n sortia.

–Gerard, ho has fet així perquè et fa posar nerviós sortir a la pissarra o perquè les equacions no et surten?

En Gerard només va dubtar un moment abans d'optar per la sinceritat.

–No em surten.

L'Alda es va girar cap a la classe.

–No ho preguntaré, però segur que uns quants de vosaltres ho hauríeu fet com en Gerard. No patiu, que jo us ho explicaré totes les vegades que faci falta, però...

Va fer una pausa dubitativa, com si busqués de quina manera expressar el que tenia el cap. Després es va girar cap a en Gerard.

–Gerard... Quin és el teu objectiu en aquesta assignatura?

A en Gerard, la pregunta el va desconcertar. Va buscar suport amb la mirada, i va trobar els somriures de complicitat d'uns quants amics donant-li forces.

–Aprovar... –va aventurar.

L'Alda va assentir. Estava dreta, amb les cames separades i les mans a l'esquena.

–L'any passat, Gerard, a tot el país, hi va haver desenes de milers d'alumnes de secundària que van aprovar les matemàtiques de tercer d'ESO. Tu creus que aquests alumnes, tots, són millors que tu?

Aquesta segona pregunta encara va desconcertar més en Gerard.

–No ho sé... –es va embarbussar–. No.

–Doncs planteja-t'ho així. –L'Alda va anar cap a la pissarra i, en un extrem, va dibuixar un ninotet.– Pensa que aquest ets tu. –Va anar unes passes més enllà i va dibuixar una mena de copa o de trofeu.– I això és l'aprovat de matemàtiques. I aquest, el camí que has de seguir. –Un camí va unir ara el ninotet i la copa.– I què hi ha al mig d'aquest camí, tallant-te el pas? –va escriure ràpidament una equació–. La... maleïda... equació de segon grau!

Hi va haver rialletes a la classe, perquè l'Alda havia dit «maleïda», però estava clar que la paraula que havia tingut a la ment havia estat una altra.

–I tu has de permetre, Gerard, que aquesta equació, que ha estat superada ja per desenes de milers d'alumnes de tercer d'ESO, et talli el pas a tu, que no ets pas pitjor que ells? Què s'ha pensat? Canya amb l'equació, Gerard, que no et compliqui la vida ni et torni a fer passar una estona desagradable a la pissarra! Garrotada i treu-la del mig!

–Què t'ha semblat la professora nova? –va preguntar la Mei a en Gerard quan van acabar les classes del matí.

–Que és la tia més rara que m'he trobat mai. Mira que això de donar consells, a tots els professors els costa poc. Però el que m'ha dit...

La Mei va somriure i en Gerard va haver de fer un esforç per no quedar atrapat en la lluminositat dels seus ulls i els seus llavis i perdre el fil de la conversa. Realment, s'estava penjant molt d'aquella noia.

–No està tan malament, el que t'ha dit.

–Ves! Que tracti les equacions de segon grau com si m'haguessin insultat. Que les estudiï amb la idea de treure-les del mig a puntades de peu.

–I què faràs? –La Mei estava alhora divertida i intrigada.

–Doncs mira, li faré cas. –En Gerard semblava decidit.– Aquest vespre m'hi poso: aquestes equacions dels pebrots encara no saben qui és en Gerard!

La rialla de la Mei va omplir de llum el passadís de l'institut.

*Muntanya amunt, prop de la cota que marca la frontera entre els boscos i els prats, la bèstia va definir el seu territori de caça i s'hi va establir. Els dies s'anaven fent més curts, més freds i més humits, i va començar a buscar racons arrecerats on descansar.*

*Una vella construcció abandonada es va convertir en el seu cau, un lloc abrigat que sabia que la protegiria del fred. L'entorn li resultava estrany, però a poc a poc s'hi adaptava.*

*Van arribar també les preses. Eren uns animals feixucs i robustos que recordaven vagament els facoquers i que* solien moure's per la muntanya seguint rutes fixes, cosa que feia més fàcil caçar-los a l'aguait, des de dalt d'un arbre. La primera vegada que ho va intentar, però, la cacera va estar a punt d'acabar malament.

S'havia apostat a les branques baixes d'un arbre despullat per la tardor, just al damunt d'un dels viaranys que els animals solien seguir per anar a beure a un torrent. Era negra nit, sense vent que escampés les olors, i la bèstia se sabia indetectable. Només li calia esperar que la presa es posés al seu abast.

Els animals es desplaçaven normalment en petits grups, amb individus madurs i més joves. La bèstia no havia vist cries petites, però sí que havia sentit crides i baralles de mascles que indicaven que era l'època del zel.

Aquella nit va tenir sort. No feia massa que esperava quan un grup de tres animals, tres femelles joves, es va acostar al trot al lloc on era. L'atac va ser fulminant: la bèstia va caure com un projectil negre armat amb ullals i urpes damunt la presa que anava al davant. Les altres dues van fugir proferint xiscles aguts mentre la seva companya rodolava per terra greument ferida.

Greument ferida, però no morta.

La bèstia va descobrir massa tard que havia calculat malament l'atac. La presa era un animal molt més robust del que semblava, el seu cos compacte havia absorbit el xoc, i no havia mort a la primera escomesa. Per a la bèstia, havia estat com xocar contra una roca, i la força del cop l'havia projectat cap a un costat del camí.

Va rodolar i va aixecar-se, dominada per l'eufòria sanguinària de la caça, en el mateix moment que la presa, regalimant sang per profundes ferides que haurien acabat amb un altre animal, carregava cegament contra ella, fent espetegar sorollosament uns ullals amenaçadors.

*El segon atac de la bèstia, però, va ser mortífer.*

*Mentre pujava el cadàver dalt de l'arbre per començar a menjar, l'instint va advertir a la bèstia que els senglars eren una font d'aliment inesgotable, però també una caça perillosa, que li demanaria moltes energies. Confusament, s'adonava que hi hauria preses més fàcils a la vall, allà on hi havia també el perill de les persones.*

*La cadena tibava.*

# 4 *Els ulls al bosc*

AQUELLA SETMANA i les següents van passar molt ràpidament per a l'Alda. No li va costar gens acostumar-se a l'ambient de la Casa, ni convertir la seva habitació en un espai propi. Va trobar, a més, que tothom es mostrava molt discret en el tracte, i només va haver d'insinuar un parell de vegades que no volia parlar ni del seu passat ni de la seva cama perquè ningú no en tornés a fer cap comentari.

No eren gaires els professors que s'allotjaven a la residència, i els que ho feien era només perquè no tenien la plaça fixa o estaven buscant allotjament al poble. En Mingo disposava de la petita edificació annexa que sempre havia estat la porteria, on vivia amb la seva dona –que treballava en la neteja del centre– i els seus fills bessons, dos menuts que corrien per les classes de P3. L'Encarnació, per la seva banda, tenia casa al poble, tot i que sempre deia que passava moltes més hores a l'escola que no pas amb els seus.

A l'Alda, adaptar-se al ritme de les classes li va resultar més fàcil del que ella mateixa s'esperava. De bon començament tenia molt assumit que una cosa era tenir els coneixements i una altra de molt diferent saber-los transmetre. Però s'havia esforçat des del primer dia a comunicar el seu entusiasme per les matemàtiques i li feia l'efecte que se n'havia sortit, tot i que era conscient que algunes vegades els alumnes se sorprenien amb la seva vehemència, com ara quan, en la primera classe que havia fet, havia animat en Gerard a barallar-se amb les equacions.

La relació amb els alumnes també era bona. Li semblava que era capaç de mantenir l'equilibri i no mostrar-se ni massa distant i autoritària ni massa propera. Quan ella mateixa feia ESO, havia desconfiat dels professors que «anaven de col·legues», perquè ja aleshores sospitava que aquella actitut no era res més que una posa i que un professor podia preocupar-se sincerament pels seus alumnes sense necessitat de fer veure que era un d'ells.

Entre tots els grups, se sentia especialment a gust amb el tercer d'ESO, potser perquè havien estat els seus primers alumnes. La Mei, la noia de l'herbolari, amb el seu aspecte esquerp i el seu pentinat estrafolari, havia resultat ser una alumna brillant en totes les assignatures i una persona força popular a la classe. En Gerard, tot i ser negat per a les ciències, era volenterós i un bon xaval, i semblava disposat a fer cas dels seus consells i anar a pinyes amb les equacions si calia. Li havien dit que tots dos formaven part d'un grup musical, juntament amb en Daniel, l'amic inseparable d'en Gerard, i la Sara, la grassoneta tímida que havia tret a la pissarra el primer dia.

En aquells dies havia fet ja unes quantes visites al poble. Els companys, encapçalats per en Faust i la Maribel, li havien muntat un petit sopar de benvinguda i havia quedat un parell de cops per fer un cafè amb l'Isaïes, un pou inesgotable d'anècdotes locals. Normalment anava i tornava de Tamasca caminant, però la distància, tot i no ser massa llarga, la fatigava, i s'adonava que difícilment podria continuar fent-la a peu quan arribés l'hivern i el camí es glacés.

Perquè, malgrat una tardor excepcionalment càlida i seca, que estava endarrerint les primeres nevades, l'hivern lentament s'atansava. I era l'hivern el que realment marcava tota la vida de l'escola, del poble i de la vall.

Si l'Alda es va adaptar fàcilment als seus alumnes, els alumnes també es van adaptar fàcilment a ella. La seva manera de comportar-se a classe, el seu bon tracte i la seva evident passió pel que explicava li van fer guanyar-se les simpaties de la majoria. Hi havia, però, coses de la professora de matemàtiques que els tenien força intrigats. En primer lloc, és clar, la seva coixesa, o no tant la coixesa en si com l'estrany contrast que oferia amb l'aspecte robust i esportista de l'Alda. Un contrast que ja havia cridat l'atenció de la Mei quan l'havia vist entrar a la botiga el dia de la seva arribada, i per al qual ningú no s'atrevia a aventurar una resposta.

Hi havia, però, un segon detall molt més subtil. Els més observadors dels alumnes no van trigar a adonar-se que l'Alda mai no feia cap tipus de comentari personal, mai no parlava d'ella mateixa ni feia cap tipus de referència a la seva família, a la seva vida, a les seves aficions o al seu passat. I això, en una professora que es mostrava en general tan extravertida, resultava d'allò més estrany.

Els més curiosos es van afanyar a buscar-la a Internet. Els semblava evident que una persona que anava a treballar a un lloc tan allunyat de tot arreu com la vall de Tamasca per força havia de fer servir les xarxes socials per comunicar-se amb els seus amics.

La recerca, però, va ser completament infructuosa: l'Alda no només no era a cap xarxa, sinó que introduir el seu nom complet en els cercadors d'Internet no donava absolutament cap resultat.

–És com si no existís! –es va exclamar un dia en Daniel, parlant amb en Gerard a l'hora de dinar–. O com si, abans de venir aquí, no hagués existit.

–O potser és tan senzill com que fa servir un sobrenom –hi va treure ferro en Gerard.

–A les xarxes, d'acord. Però que la busquis a Google i no surti res és molt estrany... Per cert –va dir per canviar de tema–: ja has anat a pinyes amb les equacions de segon grau?

En Gerard va assentir, molt seriós.

–No t'ho creuràs, però funciona. M'agafo els exercicis de mates com si m'haguessin insultat, veig cada equació resolta com un cop de puny ben donat... i acabaré guanyant la batalla!

En Daniel va aixecar els ulls al cel, divertit, mentre en Gerard feia com si clavés una monumental cleca a una invisible equació de segon grau.

Va ser pensant en l'hivern que s'acostava i en la dificultat que suposaria anar i venir del poble, que l'Alda va tenir la idea de comprar algun vehicle. No confiava prou en la seva cama com per arriscar-se amb el joc de pedals d'un cotxe, i no estava gens segura que fos capaç d'aguantar l'equilibri damunt una moto en un camí glaçat. Per això no va dubtar ni un moment quan en Mingo li va parlar d'un cosí seu que es venia un quad.

L'Alda sempre havia trobat aquells vehicles tan sorollosos com lletjos, però ara havia d'admetre que, si més no, estaven ben plantats a terra damunt quatre rodes molt robustes i que el soroll el produïa un motor pensat per fer-los moure sense problemes per la neu i pel fang. El preu, a més, era bo, segurament perquè el quad en qüestió ja feia força temps que rodava per aquelles muntanyes.

Aviat, doncs, els horitzons de l'Alda es van ampliar i va poder recórrer la vall de punta a punta en solitàries excursions de cap de setmana que li van fer conèixer les minúscules carreteres que portaven a cadascun dels pobles i veïnats escampats per la muntanya.

*Els grans animals que pasturaven als prats de la muntanya atreien i al mateix temps intimidaven la bèstia. Tenien totes les característiques de la presa, feien olor de presa, però el seu aspecte resultava desconcertant. No semblaven animals fets per a la cursa, però tampoc no es mostraven agressius com els búfals, ni, amb aquelles banyes diminutes que tenien, semblaven capaços de defensar-se com feien els senglars ferits. Els ramats, a més, pasturaven molt dispersos, com si mai no haguessin conegut cap amenaça, i estaven formats exclusivament per femelles, amb algunes cries.*

*Els exemplars adults eren preses massa grans per a ella. Tot i no semblar perillosos, no semblaven tampoc fàcils de matar i, en cas d'aconseguir-ho, mai no en podria arrossegar cap fins a un lloc segur.*

*Les cries, però, eren una cosa ben diferent. Tenien la mida justa i, sense la protecció d'un ramat compacte, no havien de suposar cap mena de problema.*

*Així, una tarda de vent quiet i sol tranquil, la bèstia va entrar al prat.*

*Es movia en silenci, ventre enganxat a terra, aprofitant les zones on l'herba era més alta. Des de les branques d'un arbre, al límit del bosc, havia seleccionat prèviament la seva presa: una cria que tot just se sostenia sobre les potes i que tenia una clara tendència a separar-se de la seva mare després de mamar.*

*Visible només com un solc entre les herbes altes, la bèstia va avançar. L'olfacte li permetia de situar amb exactitud cadascun dels membres del ramat. No va detectar cap moviment de fugida ni de recel, cap gest d'inquietud que fes entendre que l'havien detectat, que intuïen alguna cosa estranya. Potser, senzillament, el ramat es creia invulnerable, no contemplava l'amenaça de cap depredador i no es preocupava per defensar les seves cries.*

*A poca distància de la presa, la bèstia va quedar immòbil, amb tots els músculs en tensió. Quan es mogués cap a ella, saltaria, provocaria la fugida dels adults.*

*Mataria.*

*Perquè el que movia ara la bèstia ja no era només la gana, sinó sobretot la necessitat de lluitar i de matar, de sentir carn viva a les urpes i la boca.*

*Hi va haver un moviment ràpid a l'herba, acompanyat d'aquell feixuc repic metàl·lic que acompanyava els grans animals quan es bellugaven. Com sorgit del no-res, un animal adult es va interposar entre caçador i presa.*

*D'alguna manera, la mare l'havia detectat. D'alguna manera, l'instint de ramat, adormit i embrutit per la domesticació, pervivia en algun racó fosc de la seva ment.*

*La bèstia caçadora i l'herbívor adult es van mirar cara a cara uns instants.*

*L'un gairebé immòbil, però començant ja a ensenyar les dents enmig d'un ronc d'advertència. L'altre amb la mirada fixa, gratant nerviosament l'herba amb una de les potes del davant.*

*I aleshores, sense previ avís, l'herbívor va envestir en línia recta, cegament, enmig d'un bram i un retruny metàl·lic, mentre la resta del ramat arrencava a córrer pel prat.*

*I la bèstia va fugir cap a la seguretat dels arbres, mentre la promesa de preses fàcils que podia trobar prop de les cases de les persones es tornava a dibuixar a la seva ment.*

*Al prat, superat el perill, la vaca va frenar, va mirar cap al seu vedell i va deixar enrere l'experiència més terrorífica de la seva vida.*

Una tarda de divendres, després d'haver sortit a voltar amb el quad per una carretera de muntanya que duia fins al veïnat on vivia en Gerard, l'Alda va anar cap al bar de l'hostal de Tamasca, on havia quedat per xerrar una estona amb l'Isaïes.

L'excursió havia estat molt agradable i, com totes les que havia fet fins aleshores, l'havia ajudat a comprendre una mica més l'entorn on li havia tocat anar a viure.

El veïnat de Behiberri estava situat molt amunt respecte de Tamasca, al mateix vessant de la vall on hi havia les antigues mines de ferro i el funicular miner. S'hi arribava per una carretera estreta i costeruda, que s'enfilava revolt rere revolt, seguint el curs d'un torrent, flanquejada per espadats vertiginosos. Durant els primers dos quilòmetres travessava un bosc d'altes coníferes que projectaven denses ombres sota el sol de tardor. Aviat, però, els arbres quedaven enrere i el paisatge es tornava de roca i aigua, esquitxat de prats verdíssims on pasturaven les vaques.

Tot conduint muntanya amunt, l'Alda intentava imaginar-se com seria aquella carretera durant l'hivern que s'acostava. Neu i gel. Impossibilitat de veure, malgrat les balises que hi havia a banda i banda, on acabava la calçada. Un viatge perillós, fins i tot amb bon temps, i, en qualsevol cas, un viatge que no era gens recomanable haver de fer un parell de cops cada dia. Per als nois i noies dels pobles més alts, l'opció d'allotjar-se a l'institut semblava la més clara, i la iniciativa de tirar endavant l'internat, malgrat totes les dificultats que comportava, era una manera decidida de lluitar contra el fantasma que sempre havia amenaçat els pobles d'alta muntanya: el despoblament.

Behiberri s'arrapava al vessant de la muntanya, envoltat de prats i d'alguns petits horts. No més enllà d'una dotzena de cases de pedra fosca, gairebé negra, en carrers estrets i increïblement costeruts, i una capelleta dedicada a sant Gil, el patró dels pastors. A les teulades de pissarra, antenes parabòliques enfocades al cel per rebre el senyal de televisió i d'altres enfocades a la vall per rebre el d'Internet i telèfon via ràdio.

Havia aparcat a l'entrada del poble, sota la mirada encuriosida d'un parell de senyores grans a qui va saludar amb un somriure, però aviat la seva cama li havia fet renunciar a recórrer el poble a peu i havia tornat a pujar al quad per tornar cap a Tamasca.

Ara, al bar de l'hostal, seia davant un tallat tot esperant l'Isaïes, que ja sabia que podia retardar-se per qualsevol urgència que se li hagués presentat. El veterinari semblava viure per la seva feina, i en qualsevol moment podia haver de saltar dalt del seu atrotinat Land Rover per anar a atendre algun animal malalt o accidentat en qualsevol nucli de la vall. L'Alda, ara que coneixia les carreteres del voltant, esperava que a l'hivern no hagués de voltar tant, però encara no s'havia atrevit a preguntar-l'hi.

Mentre esperava, va tenir ocasió de saludar alguns dels seus alumnes, que entraven a comprar alguna cosa a la barra. A les tardes que no hi havia classe, els alumnes interns, sempre que comptessin amb un permís especial dels pares, podien sortir del recinte de l'escola i anar a passar unes hores al poble, i eren pocs els qui desaprofitaven l'oportunitat, fins i tot quan el temps no acompanyava.

L'Isaïes, finalment, va arribar disculpant-se i amb un aire visiblement preocupat.

–Sento el retard –va dir, tot deixant-se caure a la cadira, després de demanar a la barra–. Una vaca estressada –va afegir, com si l'explicació hagués d'aclarir tota la seva activitat del dia.

L'Alda hauria rigut amb ganes si no fos que l'aspecte del veterinari no convidava gens a fer-ho.

–Ous inhumans, vaques estressades... –no es va poder estar de comentar–. Has de reconèixer que en aquest poble teniu maneres ben curioses de parlar dels animals.

–Les vaques s'estressen! –va protestar l'Isaïes–. I una vaca estressada pot deixar de produir llet, o fins i tot tenir un comportament agressiu o rebutjar el vedell si està alletant.

–I com s'estressa una vaca? Perquè, francament, veient-les...

–Un ensurt, un soroll fort, un canvi de llum... Són uns animalons molt sensibles als sons, que es relaxen amb la música, i també són molt sensibles a la il·luminació: tenen una visió molt bona, poden detectar moviments petitíssims a molta distància, i la visió de prop també és excepcional, però tenen el problema que l'ull se'ls adapta molt lentament als canvis de llum. Això fa, per exemple, que si pasturen al sol en un dia clar, tinguin por d'entrar en una zona d'ombra, perquè la veuen com un obstacle o un forat...

–I la vaca d'avui? –L'Alda va haver de contenir el riure en sentir que algú podia qualificar unes bèsties de més de cinc-cents quilos d'«animalons molt sensibles».

L'Isaïes va brandar el cap. Normalment, no solia parlar gaire de la seva feina –per por de fer-se pesat, com havia confessat a l'Alda el primer dia que van quedar–, però, per alguna raó, el cas d'aquella vaca l'inquietava.

–L'hem hagut de treure del prat i estabular-la, i abans ha calgut sedar-la una mica. Estava fora de si, molt espantada. El pagès l'ha vist córrer amunt i avall pel prat i m'ha avisat de seguida. I no sé a tu, però a mi no se m'acut què pot espantar tant una vaca que pastura tranquil·lament en un prat de muntanya en un dia perfectament clar.

–I les altres vaques del prat com estaven? –va fer l'Alda, ja una mica encuriosida.

–Nervioses –va respondre l'Isaïes, visiblement content que la professora compartís la seva preocupació i hagués abandonat el to burleta del començament de la conversa–. Però espantada, només aquesta. –Va sospirar.– No ho sé: no té cap lesió, cap ferida, cap senyal d'haver-se barallat, però es comportava com si algú l'hagués atacat. Potser tot plegat té una explicació molt senzilla, potser és una bestiesa, però... no m'agrada.

L'Alda no va arribar a saber el motiu pel qual l'Isaïes estava tan preocupat pel comportament d'aquella vaca, perquè la porta del bar es va obrir d'una revolada per donar pas a un sorprenent personatge que va interrompre com un xàfec d'estiu la conversa.

Era una dona gran, de fet molt gran, però amb un posat vital i enèrgic que semblava voler desmentir la seva edat. Era més aviat baixa, molt prima, amb una cara menuda i arrugada on destacaven poderosament uns ulls diminuts, però prodigiosament brillants i bellugadissos. Els cabells, d'un gris que no podia ser natural, els duia recollits en una castanya i mig tapats amb un mocador. Anava vestida amb uns texans gastats, una camisa de quadres i unes velles botes de muntanya gastades pertot arreu, i caminava recolzant-se en un bastó ferrat que no semblava que li fes gaire falta. «Una bruixa de conte infantil disfressada d'excursionista», va pensar, divertida, l'Alda.

La nouvinguda va passejar una mirada nerviosa pel bar i, quan va descobrir l'Isaïes, va anar directa cap a la seva taula.

–Isaïes, he de parlar amb tu –va dir-li d'entrada. Només després va semblar que es fixava en l'Alda.– Vaja, ho sento –es va disculpar, sense que el to de la seva veu sonés de cap manera a disculpa.

L'Alda va fer el gest d'aixecar-se per deixar-los sols, però un gest de la dona la va aturar i l'Isaïes ho va aprofitar per fer les presentacions:

–L'Alda és professora a l'institut. Fa poc que ha arribat al poble, i...

–Agneta –va interrompre la dona, tot separant la cadira per seure–. Agneta de la Codina, em diuen. Trementinaire. Saps què és això? –I, abans que l'Alda tingués temps de dir que no, va continuar:– Recullo herbes remeieres al bosc, i també preparo remeis per a persones i animals. En venc directament, però també a les botigues d'herbes. –Brevíssima pausa abans d'assenyalar-la amb el dit.– Aquí al poble venc molt a la botiga d'herbes de la plaça. Ho dic perquè, si ets professora, segur que coneixes la pubilla, la Remei de can Pots, la del pentinat estrany. Bona minyona, com la seva àvia. M'hi entenc millor que amb la mare. –I, abans i tot que l'Alda tingués temps de pensar que aquella «Remei de can Pots» no podia ser altra que la Mei, nou aclariment i nou canvi de tema:– Can Pots és el motiu de la casa. Aquí totes les cases tenen motiu o malnom. Trementinaire, deia. Segur que penses que sóc massa vella per anar trescant pel bosc, però no sóc prou vella com per quedar-me a casa pentinant gats. Vaja, el que deia, faig remeis. Et donaré un ungüent que t'anirà bé per a la cama.

Mentre parlava, els ulls espurnejants de l'Agneta de la Codina havien estat clavats en l'Alda, com analitzant-la. Aquella última frase va deixar glaçada la professora: «Però com pot saber...?»

L'Isaïes va aprofitar aquella pausa per ficar cullerada a la conversa:

–Què em volies dir, Agneta?

–Si voleu que marxi... –va aventurar l'Alda, discreta.

De nou, els ulls de l'Agneta de la Codina es van clavar en ella amb tanta força que gairebé va sentir una fiblada física.

–T'ho demanaria si fossis una bleda de ciutat que

s'hagués de burlar del que diu una vella ignorant de les muntanyes. Però tu ja n'has vist de tots colors, maca.

De nou, l'Alda va tenir una sensació de fred al ventre. Què havia endevinat d'ella, aquella dona?

L'Agneta, però, ja no estava per ella i s'havia girat cap a l'Isaïes.

–He vist una cosa estranya al bosc, xic.

–Una cosa estranya? –L'Isaïes semblava interessat. Era evident que s'agafava molt seriosament el que pogués dir la dona.

–Per la Coma de la Quintana, ahir quan es feia fosc. –Va mirar l'Alda, es va adonar que calia fer un aclariment i va afegir:– La Coma de la Quintana és a tocar del poble.

–I què era?

–Uns ulls. Uns ulls que brillaven en la nit. S'hi va reflectir un moment algun llum del poble, per això els vaig veure.

–Com vols dir, uns ulls? Uns ulls de què?

–No ho sé, Isaïes. Conec els ulls de tots els animals que hi ha o hi ha hagut a les muntanyes. Però aquests ulls no són d'aquí, no són de la terra, no puc fer res amb ells i no sé què busquen.

L'Isaïes va sospirar i l'Alda va descobrir, sorpresa, que la història el preocupava de debò.

–Et puc demanar una cosa, Agneta? –va fer finalment, seriós. I, quan ella va assentir, va afegir:– Durant uns dies no surtis al bosc. Parla amb mi abans.

–Per què? –es va limitar a preguntar la dona.

L'Isaïes va tornar a sospirar, com si busqués les paraules. Quan va parlar, ho va fer en veu baixa i tirant-se endavant, com si volgués evitar que algú més el pogués escoltar:

–Perquè vinc de can Coma, de visitar una vaca molt espantada per alguna cosa que ha vist.

No va caldre dir res més. L'Agneta va assegurar que seguiria el consell de l'Isaïes, sempre que aquest la mantingués informada de qualsevol novetat. Després va acomiadar-se de tots dos, tot repetint l'oferiment d'un ungüent per a l'Alda. Quan ja caminava cap a la porta del bar, es va aturar en sec i, dirigint-se a la professora, li va dir:

–Nena, sé que ets coixa perquè t'he vist pel poble. Sóc bruixa, però no tant.

Quan l'Agneta va haver marxat, l'Alda i l'Isaïes van quedar una estona en silenci abans de decidir-se a comentar res. El veterinari va negar amb vehemència que els sentits o, senzillament, l'edat, haguessin fet una mala passada a la vella trementinaire. L'Agneta, assegurava l'Isaïes, tenia el cap claríssim, i si ella deia que havia vist uns ulls que no eren de cap bèstia de la vall, no hi havia cap dubte que els havia vist, com no hi havia cap dubte que la vaca s'havia espantat per alguna cosa que no sabien què era.

Una altra qüestió era què hi podien fer. Segurament, al capdavall, els ulls que havia vist l'Agneta tindrien alguna explicació i l'estrès de la vaca no tindria cap relació amb tot plegat. Però no costava gens ser prudents i estar alerta a qualsevol cosa estranya que pogués passar a la vall els dies següents.

Quan es van acomiadar, l'Alda, mentre sortia a la plaça i es posava el casc per pujar al quad, no va poder evitar de pensar en els nois i noies que anaven i venien a l'hora de la posta pel camí solitari que comunicava l'institut amb el poble. I, molt endins, encara que hagués volgut esquivar aquella idea des del començament, va pensar que no podia permetre que correguessin cap perill. Que aquells adolescents eren ara la seva gent, i no podia permetre ni tan sols la possibilitat que tornés a passar... *allò*.

I, inconscientment, es va palpar la cama.

–Mira, jo no ho entenc –va dir en Daniel a en Gerard a la sala de jocs de la Casa, just abans de pujar a les habitacions–. No sé per què hi dónes tantes voltes. Dius que t'agrada la Mei? Doncs l'hi dius i llestos, i a veure que fa ella!

–Sí, però...

En Gerard no va saber com continuar la frase. Hi ha coses que són molt difícils d'expressar, molt difícils d'explicar fins i tot al millor amic. No sabia com dir que li agradava la Mei, que n'estava enamorat gairebé des del primer dia que la va veure. O, com a mínim, des del primer dia que l'havia vist agafar el violí en un assaig de Ferrats. Però que, al mateix temps, hi havia alguna cosa en la noia que li feia respecte, que el feia sentir-se tímid i tirar-se enrere. I el pitjor és que no sabia què era. Potser aquell comportament decidit, aquell caràcter fort i llançat, sense cap inhibició ni timidesa, que es materialitzava en el seu pentinat. O aquell exterior esquerp que es convertia de cop en dolç quan la tractaves una mica. O potser fins i tot...

–No em tornis a sortir amb aquella rucada trifàsica de la licantropia! –va saltar en Daniel.

–És que... –I en Gerard va pensar que hauria d'estar prohibit que els amics et llegissin el pensament.

La licantropia, sí. Li feia vergonya reconeixe-ho, però la Mei estava tan fascinada amb les històries d'homes llop, de bèsties salvatges i de tota mena de mites dels boscos i les muntanyes, que de vegades podia resultar fins i tot inquietant. I no només ho pensava ell, allò. Quan feia molt poques setmanes que la Mei havia arribat a l'institut, la professora de llengua els havia fet escriure una redacció sobre qualsevol tema històric per exposar-la després a classe. El tema que la Mei havia triat havia estat el de la Bèstia de Gévaudan, una història que ningú a la classe no coneixia, però de la qual va fer una exposició tan apassionada que més d'un company va anar al vespre cap a casa llançant mirades inquietes als arbres que vorejaven el camí.

–Què et penses? Que quan hi ha lluna plena li surten ullals i pèls i es posa a udolar i a caçar cabres? Mira, Gerard, quan canvia la lluna totes les ties estan rares, però no és per això, saps? El que has de fer...

I en Gerard escoltava amb un somriure dubitatiu els consells del seu amic mentre es preguntava com era possible que una noia que li agradava tant al mateix temps el fes sentir insegur.

O potser estar enamorat consistia precisament en això.

*Muntanya amunt, allà on ja no arribaven els arbres i els prats cedien lloc als rocs i a les tarteres, les primeres neus de la tardor blanquejaven ja els cims i els vessants. El vent que baixava de les cotes altes era glaçat a les nits, però es tornava més càlid amb el pas de les hores. Alguns tolls a l'ombra arribaven al matí coberts amb una fina pel·lícula de glaç.*

*La bèstia no coneixia l'hivern. La desconcertava el fred, i encara més aquella capa brillant que de vegades havia de trencar amb les potes per arribar a l'aigua i poder beure. I la primera vegada que s'havia acostat a la neu havia estat a un pas del pànic: els seus sentits no podien assimilar aquella capa absolutament blanca que cedia amb un cruixit sord en trepitjar-la, que era molla al tacte sense ser aigua i que amenaçava a cada moment de fer-la relliscar. Havia acabat caminant-hi fent salts, bots gairebé verticals, per fugir de la cremor glaçada que li mossegava les potes.*

*Després, molt ràpidament, havia perdut la por i havia après a moure-s'hi sense problemes. Això sí, d'alguna manera intuïa que la neu avançaria muntanya avall, que el fred es faria més intens i que aviat seria més difícil buscar preses.*

*Que la cadena que la lligava al poble es faria cada cop més curta.*

La barreja d'olors i la penombra de la botiga tenien la virtut de relaxar la Mei, sobretot quan el dia havia estat llarg, els pensaments s'amuntegaven i els clients eren pocs.

A fora, al carrer, es feia de nit molt ràpidament, i ja havia sortit la lluna damunt la vall de Tamasca. Feia fred, però la neu només havia fet acte de presència als cims de les muntanyes.

Amb un drap a la mà, la Mei treia la pols al taulell de fusta vella, als antics armaris amb porta de vidre que mai no brillarien com els mobles dels anuncis de productes de neteja perquè estaven ja massa gastats per fer-ho i perquè dins la botiga no hi havia tampoc una llum prou intensa com per permetre-ho. El moviment del drap li acompanyava els pensaments. Les primeres setmanes de classe. Els assajos amb Ferrats.

Els últims retocs a l'ambiciosa peça *La balada del funicular miner*. En Gerard.

En Gerard.

Havia sorprès ja més d'una vegada les mirades furtives que el noi li llançava a classe, al pati o fins i tot als assajos del grup, i li feia gràcia la manera com ell s'atabalava quan es veia descobert. Era un bon xaval, tot i que estaria bé que no fos tan tímid.

I a ella també li agradava.

És curiós quantes vegades a la vida els sentiments s'imposen gairebé violentament. Fins feia, com qui diu, unes setmanes, els nois mai no li havien interessat més enllà d'algun rotllet ocasional que mai no li havia fet perdre el control. I ara, de cop, se sentia confusa i insegura quan pensava en en Gerard, notava com una escalfor per tot el cos, la boca seca, els palmells de les mans humits, una rojor que li pujava a les galtes... «Penjada!», es renyava ella mateixa, però el cas era que li havia agafat molt fort amb aquell noi, i s'estava cansant d'esperar que ell fes el primer pas.

Perquè en Gerard no es decidia, i en tota la resta de coses no semblava pas tan tímid. De vegades feia l'efecte que ella li imposava, i la Mei no podia evitar de trobar graciosa la idea.

De moment, encara que li fes ràbia reconeixe-ho, tornava a casa eufòrica després d'un gest, una frase, una mirada d'ell, i la sang li bullia de tal manera que era com una picor que li recorria les venes i li feia saltar les llàgrimes sense cap motiu. I en moments com aquell, en nits de pleniluni com aquella, gairebé li agafaven ganes d'obrir la finestra de la seva habitació al fred de la vall per udolar a la lluna com els licantrops de les velles històries.

La campaneta de la porta de la botiga la va arrencar dels seus pensaments, i es va adonar que s'havia quedat immòbil darrere el taulell, amb el drap de la pols a la mà.

Era l'Agneta de la Codina, amb el seu farcell d'herbes remeieres i ungüents casolans. I, com sempre, la Mei es va sentir com una nena petita davant la mirada intel·ligent i astuta de la vella trementinaire.

–Bona nit, Agneta. Vol que cridi la mare?

L'Agneta va assentir amb el cap mentre deixava el seu farcell damunt el taulell i passejava per tot el local la mirada satisfeta de qui s'alegra de trobar les coses al seu lloc, exactament com li agraden.

–Sí, avisa-la, que entre avui i demà li he de dur moltes coses. Després, potser estaré uns dies de vacances, saps?, perquè l'Isaïes... –Es va interrompre per mirar-la encuriosida.– Et passa alguna cosa, nena? Et trobes malament?

–No, no. És que... –es va embarbussar la Mei. L'Agneta era l'única persona gran que podia dir-li «nena» sense que se sentís ofesa, igual que era l'única, fora d'algun professor amb ganes de tocar els nassos, que l'anomenava pel seu nom complet–. Atabalada –va dir per acabar la frase que no havia començat–. L'escola...

–Sí, l'escola, és clar... –va assentir l'Agneta amb el cap tot aixecant les celles–. Encara que sembli mentida, nena, les velles també hem tingut quinze anys. –I la va mirar amb tendresa, com es mira una néta o una neboda que ha donat alguna gran satisfacció.– Va, mira si la mare pot baixar un moment.

I ja la Mei es girava cap a la porteta que, darrere el taulell, comunicava amb la rebotiga i l'escala de casa, quan la trementinaire va agafar-li una mà, amb fermesa i amb afecte alhora i, amb to de veu enigmàtic, però tendre, va pronunciar aquelles paraules que se li quedarien ressonant a la memòria durant els dies que havien de venir:

–Ai, Remei, Remei... Remei dels remeis, néta i besnéta de bruixa!

*Aquella nit, la bèstia es va acostar al poble per primer cop amb la intenció de caçar. No l'arrossegava fins allà només la gana, sinó una cosa més profunda encara: la necessitat de matar, el desig de tornar a sentir l'olor i el tacte cald de la sang regalimant-li de les barres i esquitxant-li el pèl. Els senglars començaven a ser difícils de trobar, potser pel fred, o perquè la presència de la bèstia els havia obligat a traslladar-se lluny de la vall. Els ratolins de camp que caçava sovint l'alimentaven, però sense cap lluita. Els conills eren més grans, però ja eren morts abans que pogués començar a gaudir de la cacera. Les grans bèsties banyudes dels prats havien mostrat que eren indestructibles, i aquells altres herbívors que s'enfilaven per pendents inaccessibles a les parts altes de la muntanya li havien mostrat un parell de vegades que eren capaços de moure's i fugir per indrets on ella no podia ni tan sols aventurar-se.*

*Per tot això, aquella nit de lluna plena, l'ànsia de sang i de mort li va inundar els sentits, va sentir el desig de matar a cada múscul, tibant-li cada tendó, i una embriaguesa de cacera que li va fer venir ganes d'alçar el cap i rugir desafiant la lluna.*

*Ombra entre les ombres, va baixar cap als llums del poble.*

*Prop d'un camí, quan les mil olors de la presència humana li omplien els narius, una tanca metàl·lica va aturar-la. Amb la mirada va recórrer tota l'extensió del filat, fins que va trobar un punt on aquest passava entre un grup d'arbres. Va ser cosa d'un moment enfilar-se a les branques i saltar a l'altra banda de la tanca.*

*El recinte era força extens i feia una intensa olor de presa. No calia buscar un rastre entre l'herba, perquè allà tot era rastre, com si molts animals s'haguessin mogut per la zona en totes direccions.*

*L'olfacte la va dur fins a un cobert, i va deduir que les preses s'hi tancaven per passar la nit. L'olor era allà tan intensa, tan embogidora, que la bèstia va abandonar les precaucions i va voltar la construcció tot cercant una entrada. I quan va trobar una portella baixa, tapada amb malla metàl·lica, no va dubtar a esquinçar-la d'una urpada per entrar-hi.*

*A dins hi havia les preses.*

*Eren aus. Moltes. Apilonades per dormir al terra del cobert, sense cap gàbia, sense cap protecció. Aus grasses, grans, que no semblaven capaces de volar.*

*Silenciosa com una ombra, la bèstia en va atrapar una i la va matar amb una mossegada fulgurant.*

*Les altres aus es van despertar de cop i van començar a córrer pel cobert, preses de pànic, aletejant maldestrament, grosses i incapaces de fugir.*

*La bèstia en va degollar una altra. La sang li va esquitxar el pit i la cara i, aleshores, una frenesia de mort es va apoderar d'ella, totes les seves ànsies de cacera es van desfermar, i va començar a matar a tort i a dret, a urpades i mossegades, oblidant la gana, oblidant la prudència, abandonada a un bany de sang que la tornava a fer sentir viva.*

*Els lladrucs frenètics dels gossos van arrencar-la de l'èxtasi de la matança. Només aleshores va recuperar el sentit de la prudència i va fugir per la porta rebentada, cap als arbres, cap al bosc, cap al cau.*

# 5 *Gallines mortes*

LES HISTÒRIES d'ulls misteriosos brillant en la nit i de vaques espantades per alguna cosa amenaçadora que havien vist al prat semblaven enormement llunyanes sota la llum brillant i el cel blavíssim del matí de dissabte, amb el vent fred i vivificant que baixava de les muntanyes, on ja es veien les primeres clapes de neu.

L'Alda sempre havia estat molt matinera, i a més volia aprofitar el temps lliure per conèixer bé la vall abans que l'hivern li limités els moviments. Per això, la llum d'aquell dia radiant l'havia fet saltar del llit, i abans de les set del matí sortia ja amb el quad del recinte de l'escola, en direcció al poble, amb la idea d'anar a fer un cafè a l'hostal.

Aquell matí tenia la intenció d'acostar-se a aquella estranya edificació semblant a un castell que tant li havia cridat l'atenció en arribar al poble. Encara no sabia què era, però el seu aspecte li continuava picant tant la curiositat com el mateix funicular miner, l'estació inferior del qual –una ruïna industrial d'aspecte més que sinistre– ja havia tingut ocasió de visitar feia uns dies.

Va trobar l'Isaïes que tot just sortia de l'hostal i anava cap al seu tot terreny per començar la ronda de visites. Com sempre, el vell veterinari semblava ben disposat a iniciar una conversa, i l'Alda va comentar-li la seva intenció de visitar l'estrany castell del turó.

–Ah, sí, la torre del rus. No t'hi podràs acostar gaire: és propietat privada.

–La torre del rus? –es va estranyar l'Alda.

–És com en diem al poble –va aclarir l'Isaïes mentre butxaquejava buscant les claus del tot terreny–. És una casa molt gran, envoltada d'un parc. La van fer construir els propietaris de les mines el segle passat i va estar molt de temps abandonada. Fa uns anys la va comprar un home de negocis rus que es veu que es volia retirar aquí, vés a saber per què. Al poble diuen que es dedica a criar bèsties exòtiques, però ja saps el que passa amb els russos...

L'Alda va aixecar les celles, estranyada. No havia entès el comentari.

–No, no ho sé –va dir–. Què passa amb els russos?

–Doncs passa que Rússia és el gran enigma d'Europa, Alda –va respondre el veterinari abans d'interrompre's per treure's les claus de la butxaca–. Un país gran com un continent, perdut entre les neus perpètues de l'est llunyà... Als ulls de la majoria d'europeus occidentals, de Rússia no pot venir res ni ningú que sigui normal i corrent. Sempre és enigmàtic, sempre genera rumors. Un rus que hagués arribat a un poble perdut com aquest als anys vint del segle passat hauria hagut de ser, per força, un príncep a l'exili; en temps de la guerra freda, segur que hauria sigut un espia; avui dia ha de ser un mafiós, o un opositor polític, o un milionari que s'amaga dels seus enemics. Si la torre l'hagués comprat un búlgar o un luxemburguès, tothom ho hauria trobat d'allò més normal... Però, ah!, un rus! Aquí hi ha d'haver un misteri!

–I tu què creus que és? –va preguntar, enriolada, l'Alda.

L'Isaïes va esbufegar.

–Un paio que vol viure tranquil i a qui li és ben igual el que pensin d'ell. No fa vida social, no es deixa veure pel poble i molt poca gent l'ha tractat. No sé si té família i no crec que rebi gaires visites. Té contractada una empresa de neteja per a la casa, una empresa de jardineria per al jardí, i té un secretari que s'encarrega de tot.

–Aleshores, una mica misteriós sí que és. Imagina't: algú que no ve mai pel cafè de l'hostal! I què és això de les bèsties exòtiques?

–Pots comptar! Xafarderies...

L'Alda no va poder contenir una rialleta en sentir l'Isaïes criticant tan severament la tafaneria dels altres, però la seva rèplica va quedar tallada pel timbre del mòbil del veterinari.

L'Isaïes va agafar l'aparell amb un plàcid somriure als llavis, va intercanviar un parell de frases amb el seu interlocutor i va canviar de cop d'expressió. L'Alda fins i tot hauria dit que s'havia posat una mica pàl·lid.

–Quantes, dius...? –Va assentir al torrent de paraules que li va respondre, abans de preguntar:– Però, com que dalt d'un arbre? –I després:– Ara mateix vinc.

Va penjar i es va guardar l'aparell a la butxaca, amb un aire tan absent que, quan va aixecar els ulls cap a ella, va ser com si la veiés per primer cop.

–Ets aprensiva, Alda? –va ser l'estranya pregunta que li va fer–. Et fa por la sang? –I, quan ella va negar amb el cap:– M'agradaria que m'acompanyessis. Després de la conversa d'ahir... Algú més ho ha de veure... A més, també el coneixes, i el noi... –Parlava mastegant les paraules, i abans que l'Alda en fos del tot conscient, ja li havia obert la porta de l'acompanyant i ella hi havia pujat.

–Però, on anem? –va preguntar a mitja veu, gairebé espantada, mentre el Land Rover es posava en marxa enmig d'un núvol pudent de fum de gasoil.

–A la granja de gallines d'en Quel..., o al que n'ha quedat.

L'Isaïes va conduir tan de pressa com va poder, i van sortir del poble travessant el pontet del riu, en direcció a l'altra banda de la vall, on hi havia també el castell del rus. El vehicle botava a cada sot, les ballestes cruixien com si s'haguessin de trencar en qualsevol moment i el motor rugia per culpa de les marxes massa curtes. La cara de l'Isaïes era una màscara de preocupació, i no va pronunciar ni una sola paraula més en els pocs minuts que va durar el trajecte.

Van agafar un camí a la dreta, on hi havia un cartell que anunciava «Granja Quel», amb lletres de colors vius i el dibuix d'una gallina d'aspecte sa i feliç. L'Alda va sentir un calfred: el contrast entre l'alegria infantil del cartell i l'aire amoïnat del veterinari resultava francament sinistre.

En Quel els esperava a la porta de la casa, dret, amb els braços plegats damunt el pit. Tenia les espatlles caigudes, feia molt mala cara i els ulls envermellits mostraven clarament que havia estat plorant. Als seus peus s'arraulien dos gossos grans, de raça barrejada, que semblaven tan abatuts com el seu amo.

L'Isaïes va aturar el cotxe davant la casa i va baixar gairebé d'un salt, amb el seu maletí. L'Alda ho va fer més a poc a poc, sense entendre encara el que havia passat.

–Isaïes... –el va saludar en Quel, amb la veu trencada–. Alda, gràcies per venir –va afegir girant-se cap a ella, però sense saber què més dir.

–Va, anem –va tallar, expeditiu, el veterinari–. Ensenya'ns això...

En Quel els va guiar cap a la part del darrere de la casa, on una alta tanca metàl·lica delimitava una bona extensió de terreny herbós, al qual feien ombra uns quants arbres. Dins el tancat hi havia un parell de naus d'obra amb teulada a una aigua i finestres altes. Les portes de les naus estaven tancades.

El pagès els va conduir cap a una porta de la tanca, va aixecar un passador metàl·lic i la va obrir. Només aleshores l'Alda es va fixar en els petits embalums marronosos que esquitxaven l'herba aquí i allà, en les taques a les pedres i a la paret de la nau més propera...

–És pitjor del que m'imaginava... –va sentir que murmurava l'Isaïes.

–Què ha passat aquí, Isaïes? Qui ho ha fet, això? –preguntava en Quel tot guiant-los cap a l'interior del recinte on, fins al dia abans, les seves gallines havien corregut felices i en llibertat.

La granja havia estat escenari d'una matança.

L'Alda va poder comptar una vintena de gallines mortes, que dibuixaven un macabre camí que duia a la porta de la nau més propera. No havien tingut una mort neta, i probablement tampoc ràpida. La majoria estaven decapitades, tot i que no es veien els caps per enlloc, o els mancaven les potes, com si s'haguessin arrossegat fins allà per morir. Amb un estremiment involuntari, l'Alda va recordar que li havien explicat que una gallina decapitada pot continuar corrent uns metres, esquitxant-ho tot de sang: acabava de comprovar que la història era certa.

–Van fugir fins aquí –va sentir que comentava l'Isaïes, confirmant els seus pensaments–. Venien de la nau, suposo...

–Ara ho veureu –va fer en Quel.

Els va precedir per obrir-los la porta de la nau i els va fer un gest perquè entressin. A l'últim moment, però, va llançar una mirada trista a l'Alda.

–Si no hi vols entrar...

Ella va fer un gest com per treure-hi importància i va entrar-hi al darrere de l'Isaïes.

De seguida es va adonar que l'autèntica matança s'havia produït allà a dins. Hi havia gallines mortes pertot arreu: per terra, a les menjadores, als ponedors... També hi havia, escampats per terra, els caps que els faltaven a les gallines de fora. La majoria de les aus havien estat degollades o decapitades, però n'hi havia unes quantes de completament rebentades, convertides en poc més que un munt de plomes i un escampall de vísceres. L'Alda no sabia res d'animals de granja, però era evident que allò no era normal.

–Qui ho ha pogut fer? –va repetir, amb un fil de veu, la pregunta d'en Quel–. Una guineu? Una fura?

L'Isaïes, que s'havia ajupit entre les aus mortes, aparentment insensible a la barreja d'olor de sang i de gallinassa que omplia la nau, va negar amb el cap.

–Totes les granges de gallines tenen problemes amb guineus, visons, turons, fagines, martes... Són animals que, si entren en un galliner, poden fer molt mal, i de vegades poden provocar una matança, però... –Es va incorporar i va fer un gest ampli per abastar tota la nau.– No com això, Alda.

En Quel va assenyalar amb la punta del peu una gallina completament destrossada.

–Com això, segur que no –va comentar–. Aquesta pobra gallina l'han convertit en carn picada d'un sol cop, i cap d'aquests animals que dius no té urpes i dents que ho puguin fer. Amb uns quants cops i mossegades sí, és clar, però amb un...

–I com saps que ho ha fet amb un sol cop? –va preguntar l'Alda.

–Les restes no estan escampades –va contestar, lacònic, l'Isaïes–. I si el que fos s'hagués entretingut clavant més d'un cop a cada gallina, no n'hauria pogut matar tantes.

L'Isaïes havia tret una càmera i estava fotografiant les restes i el conjunt de la nau. Semblava molt concentrat esforçant-se per trobar una explicació al que havia passat.

En Quel els va assenyalar una porta petita que hi havia a un costat de la nau. Era una porta senzilla de galliner, poc més que un bastidor cobert amb tela metàl·lica, i era evident que havia estat per allà que havia entrat el misteriós assaltant i per on havien sortit les gallines mutilades que havien anat a morir al tancat. La tela estava esquinçada, arrencada i rebregada, com si algú l'hagués atacat amb una eina al mateix temps tallant i contundent.

–Empremtes? –va preguntar l'Isaïes.

En Quel va fer que no amb el cap.

–M'han despertat els gossos, bordant com desesperats. He corregut al tancat, hi he entrat amb ells i m'he trobat aquest panorama. Qualsevol empremta que hi hagués, l'han esborrat els gossos corrent amunt i avall i rastrejant. Estaven frenètics: mai no els havia vist així.

–I per on han passat la tanca de fora?

–Ara us ho ensenyo.

Van sortir de la nau, i l'Alda es va sorprendre a si mateixa respirant amb avidesa l'aire fresc de l'exterior. La llum del dia ja era prou intensa com per mostrar el que en Quel havia descobert de matinada, a la llum de la llanterna: un rastre claríssim de sang i de plomes que duia fins a uns arbres que creixien arran de la tanca. Quan s'hi van acostar, l'Isaïes va descobrir una gallina morta dalt d'un dels arbres. Remugant alguna cosa inintel·ligible, va començar a examinar la tanca.

L'Alda es va mirar en Quel. El pagès estava molt afectat, però ja no semblava tan enfonsat com l'havien trobat en arribar. Era evident que poder parlar amb algú, ensenyar el que havia passat, compartir la seva pena l'estava ajudant molt. Finalment, l'Alda es va decidir a fer la pregunta que li havia estat ballant pel cap des del primer moment:

–Quel: hi ha hagut...?

–Supervivents, vols dir? –El noi va somriure per primer cop.– Sí, és clar. Moltes han pogut fugir, i ara les tinc tancades amb la resta, a l'altra nau. I també tinc un altre tancat gran. El que ha passat és un daltabaix molt gros, però no enfonsarà la granja..., si és que no torna a passar, és clar.

Van caminar lentament cap a la sortida del recinte. A mig camí, l'Isaïes es va reunir amb ells.

El veterinari estava desconcertat. No se li acudia què podia haver succeït aquella nit a la granja. S'havia trobat unes quantes vegades amb autèntiques matances comeses per visons o fagines, però mai a aquella escala. A més, la manera com algunes de les gallines havien quedat completament destrossades feia pensar en un animal força més gran. També havia pensat al començament en gossos assilvestrats, animals que moltes vegades ocasionen problemes a les granges o als ramats. Però era evident per on havien entrat els atacants al recinte, i els gossos no s'enfilen als arbres. D'altra banda, la urpada d'un ós podria haver destrossat la porta d'aquella manera, però els óssos no assalten granges per fer matances de gallines.

–En resum –va concloure–, no hi ha cap bèstia que faci el que han fet aquí. Però tampoc no és normal que les vaques s'espantin quan pasturen als prats, ni que les trementinaires vegin ulls amenaçadors en la nit. Aquests darrers dies estan passant coses molt estranyes, Quel. Hem de parlar amb els forestals perquè quedi constància d'això. I amb els veïns, és clar...

–Però abans –el va interrompre l'Alda, molt decidida– cal netejar tot això perquè les gallines puguin tornar a sortir. I potser tallar les branques dels arbres que passin per damunt de la tanca. I jo no tinc res més a fer avui. On tens les eines, Quel?

# 6 *Concurs de fotografia*

L'ALDA no va arribar a la seva habitació fins que ja era nit fosca, i ho va fer amb la satisfacció d'haver deixat la granja en condicions de reprendre l'activitat normal l'endemà mateix. No només havien pogut retirar i eliminar totes les gallines mortes, així com les restes escampades aquí i allà, sinó que havien fet neteja a fons de la nau atacada i els havia quedat temps per tallar algunes branques d'arbres a banda i banda del tancat. L'Isaïes els havia hagut de deixar a mig matí, però poc després havien arribat a la granja els dos nois que treballaven amb en Quel –no havia aclarit si eren socis o empleats seus–, i entre tots quatre la cosa havia anat molt més de pressa.

L'Isaïes havia tornat a primera hora de la tarda, i després l'havia acompanyat al poble perquè agafés el quad. Quan havia baixat del tot terreny, l'Alda s'havia girat cap al veterinari, l'havia agafat amb força pel canell i li havia dit:

–Si torna a passar qualsevol cosa estranya, truca'm. A qualsevol hora. Si no tinc classe, vindré immediatament.

I havia marxat deixant l'home un punt intrigat per aquella vehemència.

Feia molt de temps que no havia sentit aquella intensa fatiga de l'esforç continuat, i ho vivia com la recuperació d'alguna cosa molt de temps enyorada, sobretot després de comprovar que ho havia resistit molt millor del que ella mateixa s'esperava al començament. Més d'una vegada al llarg del dia, en Quel no havia pogut dissimular alguna mirada de preocupació, sobretot quan la veia fer anar algunes eines, com la pala i el rascló, que demanaven tenir els peus ben plantats a terra. Però l'Alda no s'havia estalviat cap esforç, i recordava ara amb orgull que ni tan sols no havia perdut l'equilibri cap vegada.

Mentre es dutxava, però, unes fiblades a la cama li havien recordat el sobreesforç que havia fet, i havia pensat en aquell ungüent que li havia promès l'Agneta de la Codina. Amb un sospir, havia hagut de reconèixer davant d'ella mateixa que continuava sent forta, però que mai més no tornaria a ser àgil: aquella cama mig inutilitzada l'hi impediria per sempre.

Després, ja vestida, va engegar l'ordinador portàtil per connectar-se al seu correu de l'institut. La mirada, però, se li desviava constantment cap a la finestra, cap a la foscor de la nit, on, segons tots els indicis, s'amagava una bèstia desconeguda i sanguinària.

O es tractava potser d'una altra cosa? L'Alda havia evitat durant tot el dia fer cap comentari sobre el tema, però el cas és que no s'havia pogut treure del cap que el veterinari havia descartat un per un tots els animals que podrien haver fet aquella matança de gallines.

Tots, menys un.

«I si no és cap animal? I si estem buscant una bèstia misteriosa que mata gallines i espanta vaques i resulta que tot això ho ha fet una persona, o més d'una?»

Per un moment, mirant per la finestra cap a la vall il·luminada tènuement per la lluna, va imaginar-se un parell d'homes enfilant-se pels arbres per saltar la tanca, rebentant la porta de la nau i començant la matança.

Amb què? Allò era el de menys: malls, martells, destrals, aixades...

I per què? Aquella pregunta era molt més difícil de respondre: una revenja, una simple bretolada...

O alguna mena de ritual. Un ritual en què les persones s'identifiquessin amb bèsties sanguinàries.

O...

La seva mirada es va aturar en aquella lluna blanca i rodona que s'aixecava lentament per damunt de la carena. Va sentir un calfred i va mirar el calendari de paret on anotava tot el que havia de fer. Com en la majoria dels calendaris, hi estaven assenyalades les llunes.

Va deixar anar un renec, entre dents.

La nit de la matança hi havia hagut lluna plena. La lluna que fa que els homes es tornin bèsties. La lluna dels contes de por. La lluna dels licantrops, dels homes llop, dels *garous*, dels *lobishomes*, dels *lupi mannari*...

Va deixar anar un esbufec. Un esbufec d'irritació i de menyspreu cap a ella mateixa pel fet de ser capaç de pensar en aquelles bestieses.

Va esforçar-se per deixar de banda aquells pensaments i es va concentrar en aquella convocatòria que li havien enviat: un concurs de fotografia de tema matemàtic destinat a alumnes de secundària. La tenia allà, a la safata d'entrada. Podria ser una bona excusa per a un treball per grups...

La notícia, naturalment, va córrer de seguida, i abans de dissabte a la nit tot Tamasca n'estava al corrent. En Quel i l'Isaïes havien parlat amb els guàrdies forestals i amb els veïns de la granja, molts dels quals eren també membres de la societat de caçadors i bons coneixedors, per tant, de la fauna de les muntanyes. El pagès que havia cridat el veterinari divendres per aquella vaca espantada al prat també va comentar el que li havia passat, i van ser molts els que van mirar de trobar una relació entre els dos fets. En canvi, l'Agneta de la Codina no va parlar amb ningú més dels estranys ulls que havia vist al bosc, i l'Isaïes, per una vegada, també es va mostrar del tot discret. Els fets eren prou estranys com per generar tota mena de comentaris, però probablement ningú més no va pensar, com l'Alda, en homes llop ni en cap mena de bèstia fabulosa: en realitat, eren molts els que pensaven, com l'Isaïes, que era molt difícil que allò de la granja ho hagués fet cap animal, però només perquè creien que tot plegat havia estat algun tipus de bretolada de molt mal gust. I fins i tot van començar a sortir algunes veus que insinuaven que potser caldria buscar els culpables a les aules de l'institut.

Dissabte al vespre, a la mateixa hora que l'Alda arribava tan cansada com orgullosa a la seva habitació de la Casa, els components de Ferrats es reunien per assajar, com la majoria dels caps de setmana, al cobert de casa de la Sara.

La Sara vivia en una masia a prop del poble, a la vora del mateix camí que duia fins a l'institut. I el cobert on guardaven el tractor i les eines quedava separat de la casa, amb la qual cosa, segons paraules del pare de la noia, «podien fer tot el soroll que els calgués» sense por de molestar ningú.

El cobert, doncs, s'havia convertit en l'espai habitual dels seus assajos de cap de setmana, i les velles parets de maó vist havien ressonat amb les cançons del grup abans i tot que s'hi incorporés la Mei.

Aquell dissabte, l'assaig havia de ser especial. La Mei havia fet ja els darrers retocs a *La balada del funicular miner*, i volien mirar de preparar la peça de cara a poder-la tocar sencera els dies següents.

Quan en Gerard i en Daniel van arribar amb els instruments dins les fundes, van trobar que les seves companyes ja els esperaven. La Sara havia acabat de muntar la bateria dalt d'una plataforma feta amb quatre palets, mentre que la Mei havia deixat la guitarra dreta, recolzada al suport, i afinava el violí molt concentrada. Al mig del cobert, com sempre, en Truk, el mastí dels Pirineus de la Sara, s'havia escarxofat com si fos una gran catifa vivent i dormia plàcidament. En Daniel li va gratar el cap en passar, i l'animal va bellugar la cua a banda i banda només un cop, sense molestar-se ni a aixecar la mirada.

En Gerard, en canvi, s'havia quedat mirant la Mei, que semblava anormalment apagada i fatigada.

–Ei, què et passa? Fas mala cara! –va dir amb to alegre, mentre es treia de la bossa el faristol i el suport per al baix, a més del trípode per a la càmera de fotos.

–Res, que aquesta nit ha dormit malament –va respondre per ella la Sara, que ja estava desplegant els cables per a la guitarra i el baix.

–Vaja! Acabant la balada? –es va interessar de seguida en Daniel.

La Mei va fer un mig somriure i va deixar el violí en un segon suport per anar a ajudar els nois.

–Més o menys. De vegades em costa dormir...

Però, en el moment que la noia deixava el violí, en Gerard es va fixar en les esgarrinxades que tenia al canell esquerre. Va apartar la mirada de pressa, com si intentés amagar-se a si mateix la inquietud que per un instant havia sentit.

Els instruments van estar a punt en un moment, i la Mei va explicar-los els retocs que havia fet a la balada. Es tractava bàsicament d'uns canvis a la part de bateria («Aquí, veus? Vull que soni més mecànic, i que la baqueta marqui el soroll de les politges que hi ha a la via del funicular...») i la de l'acordió («La cançó popular que ha entrat aquí, Daniel, es va fonent a poc a poc. Al final, el so de la manxa de l'acordió sense cap nota, com si respirés...»).

Després de les explicacions, cadascú va ocupar el seu lloc: la Sara asseguda rere la bateria, en Daniel a la cadira amb l'acordió a la falda, en Gerard dret amb el baix i la Mei amb el violí a punt i la guitarra al costat. La càmera havia quedat muntada dalt del trípode, enfocant el grup, i aniria fent fotografies automàticament, a intervals regulars, durant l'assaig: en Gerard volia poder tenir un àlbum de tots ells tocant abans que estrenessin la balada.

A més –tot i que això no s'ho confessava ni a ell mateix–, aquella era la millor manera que se li acudia de tenir moltes fotos de la Mei.

Van assajar durant més d'una hora, amb entusiasme i ganes. Es trobaven cada cop més compenetrats i *La balada del funicular miner* estava agafant una volada que ni ells mateixos no s'havien pogut imaginar quan la Mei els havia parlat per primer cop del seu projecte. La càmera disparava cada quaranta segons, però havien deixat de fer-ne cas, cosa que garantia –en Gerard ho sabia de sobra– que les fotos sortirien ben naturals.

I, al bell mig de tots quatre, en Truk dormisquejava tranquil·lament, sense que ni tan sols les dissonàncies més agosarades no fossin capaces de despertar-lo.

L'endemà, passejant pel camí que s'enfilava cap als prats de la carena des de la placeta de Behiberri, en Gerard pensava en l'assaig, en les fotografies i en la Mei.

Com li passava sempre aquelles darreres setmanes, els seus sentiments eren confusos i contradictoris, d'eufòria i d'inquietud al mateix temps.

Eufòria per la música, per com havia sonat de bé Ferrats aquella nit, per la manera com prenia forma aquella balada que estava revolucionant la manera de tocar del grup. Intentaven fer coses que mai no s'haurien atrevit a fer abans, i a sobre els sortien bé; els instruments no es quedaven tancats en la simple melodia o el simple acompanyament, sinó que exploraven camps que temps enrere haurien considerat inaccessibles, i hi havia moments que no semblava que fossin quatre, sinó molts més, de tan rica i complexa com acabava sonant la seva música.

Eufòria per les fotografies. Encara no les havia vist amb calma, però ja sabia que la targeta de memòria de la seva càmera contenia un autèntic tresor. I no només pel que suposaven per a la història del grup, sinó, sobretot, per la Mei, per l'emoció que li feia sentir poder tenir tantes fotos d'ella, sentir-la així una mica més a prop.

Però també inquietud. Inquietud, en primer lloc, per les mateixes fotografies, perquè s'adonava que allò de fotografiar el grup per tenir imatges de la noia que li agradava no deixava de ser un joc força ximple, i que aviat, ben aviat, s'hauria d'acabar.

I inquietud... Li feia vergonya fins i tot pensar-ho, però també inquietud per la lluna: la nit que algú havia fet una matança a la granja d'en Quel hi havia lluna plena. I la Mei no havia dormit. I l'endemà estava molt cansada. I tenia esgarrinxades al canell.

Tot allò era una bestiesa, però no s'ho podia treure del cap.

Li hauria agradat que en Daniel fos allà amb ell per burlar-se d'aquelles dues inquietuds.

Dilluns al matí, qui es va presentar a l'institut amb cara de no haver dormit gens va ser la Sara. Feia molt mala cara, i estava tan moixa i apagada que els companys van fer rotllana al seu voltant, espantats de veure en aquell estat algú que es mostrava sempre tan alegre i vitalista.

–En Truk ha desaparegut aquesta nit. L'hem estat buscant, però res... –va començar a explicar, molt afectada.

A la matinada, els forts lladrucs del gos havien despertat tota la família. Era molt estrany que l'animal, que solia passar la nit a la vora de l'estable de les vaques, bordés a la nit, i encara més que ho fes amb aquella fúria. El pare de la Sara, que tenia molt present el que havia passat a la granja d'en Quel, havia saltat del llit i havia corregut a agafar l'escopeta, convençut que alguna cosa amenaçava el bestiar, mentre la mare, la

Sara i els seus germans s'esforçaven per veure alguna cosa des de les finestres de les habitacions, al pis de dalt de la masia. Però era impossible veure res en la foscor de la nit, i els lladrucs sonaven cada cop més agressius i ferotges.

–Ferotges? –A la Mei se li va escapar el comentari.– Em costa d'imaginar en Truk...

En Gerard li va clavar un ràpid cop de colze per ferla callar. De vegades, comentaris com aquell li feien recordar que la noia s'havia criat a la ciutat i hi havia coses que calia aclarir-li.

–És un mastí dels Pirineus, Mei –va explicar-li a mitja veu.

La Mei es va posar una mica vermella i no va caldre que li digués res més. La mateixa Sara l'hi havia explicat feia temps: un mastí dels Pirineus no és un animal de companyia. Els pastors l'havien criat des de temps molt antics per defensar els ramats, i aquells gossos tenien el costum de viure barrejats amb el bestiar, com si fossin una ovella més. En condicions normals eren animals pacífics com les mateixes ovelles, però davant de qualsevol amenaça es convertien en feres perfectament capaces de matar un llop o de plantar cara a un ós.

El cas era que quan el pare de la Sara havia sortit, els lladrucs se sentien lluny, com si en Truk estigués perseguint alguna cosa. Després es van perdre en la distància i no havien vist més el gos.

–L'hem estat buscant, cridant-lo, però no hi havia cap rastre. És clar que, de nit...

–Duia collar? –va preguntar en Gabriel, un company que vivia en un dels veïnats alts de la vall, de família de pastors.

–Abans no –va explicar la Sara–, però des del dissabte que va passar allò de la granja del Quel, el pare l'hi posa cada nit.

La Mei va mirar interrogativament en Gerard, que es va afanyar a dir-li que es referia als collars amples de cuir amb claus de ferro que es posen als gossos de ramat per protegir-los el coll de les mossegades del llop.

–Amb collar, no li pot passar res –va sentenciar en Gabriel–. Qui vols que pugui fer mal a un mastí adult com en Truk, si a sobre porta protegit el seu únic punt feble? Encara que l'ataqués un grup de gossos salvatges, els destrossaria!

I tota la rotllana va assentir, perquè en Gabriel sabia molt bé de què parlava.

Les classes del matí van transcórrer amb tranquil·litat, i fins i tot la Sara semblava ja molt més tranquil·la. A l'hora de matemàtiques, l'Alda els va presentar les bases del concurs de fotografia matemàtica, i els va proposar de formar grups de dos per participar-hi.

La classe es va omplir del rum-rum habitual de quan calia forma[illegible] per fer algun treball, mentre l'Alda els deixava fer, mirant d'intervenir el mínim, excepte per evitar que algú quedés aïllat. Naturalment, els més sol·licitats eren la Sara, que tothom sabia que tenia traça per a les matemàtiques, i en Gerard, com a aficionat a la fotografia. Eren un grup de treball obvi, que podia fer alguna cosa realment brillant.

En Gerard, però, tenia unes altres prioritats, i va demanar a la Mei de fer parella amb ell.

Aquell vespre, la Mei va arribar a casa feta un embolic de sensacions i sentiments. Tenia ganes de riure i de cantar cada vegada que pensava que en Gerard faria equip amb ella per a aquell treball tan estrany que els havia posat l'Alda. I encara més quan pensava que havia estat el noi qui l'hi havia demanat, sense esperar ni tan sols que ella li insinués res. L'endemà mateix el tindria allà a casa, estarien els dos sols...

«Per fer un treball de mates, penjada!», es va renyar ella mateixa.

En Gerard ja havia demanat l'autorització per sortir de l'institut a la tarda, i ara només quedava que ella ho digués a la mare. Segurament no hi hauria cap mena de problema, però no podia oblidar que la Tina, moltes vegades, tenia unes reaccions una mica difícils de comprendre.

L'únic que li entelava una mica aquella alegria era pensar en la preocupació de la Sara pel seu gos. Ella mai no havia tingut gos –l'únic animal de la casa era la seva gata, la Carmilla–, però ja entenia que no era gens normal que s'hagués perdut d'aquella manera, després d'haver estat bordant com per avisar d'algun perill. És clar que, si havies de fer cas a en Gabriel –i el noi hi entenia molt, en pastors i en ramats, com si les ovelles les hagués inventat ell–, en Truk, malgrat el seu aspecte de catifa mandrosa, era una mena de tanc amb potes, capaç de fer xixines qualsevol que li busqués raons. O sigui que, en realitat, la Sara tampoc no tenia tants motius per estar preocupada.

La Mei va entrar a la botiga fent sonar la campaneta de l'entrada com si fos un repic de festa i va fer que la Tina, que estava endreçant un prestatge, es girés. Se sentia com en un dia radiant, malgrat la nit que avançava ràpidament i el vent fred que començava a baixar de les muntanyes. No volia ni pensar que res pogués espatllar aquella alegria.

En contra del que la Mei s'havia esperat, la Tina no va posar cap mena d'inconvenient perquè en Gerard anés l'endemà a casa d'elles a començar el treball de matemàtiques. Al contrari, fins i tot va semblar contenta amb la idea, tot i que va reconèixer que no sabia qui era el noi: la Tina mai no havia mostrat cap mena d'interès per conèixer cap dels companys de classe de la Mei, ni les seves famílies.

Cap de les dues no va fer cap altre comentari fins a l'hora de sopar, en el silenci del pis a sobre de la botiga, després d'haver apagat el televisor perquè les notícies les feien posar de mal humor. La Mei començava a sospitar que en moments com aquells, quan es feia de nit a casa i es trobava amb l'única companyia de la filla i la gata, que ara dormia tranquil·lament a la butaca, la Tina es trobava tan sola i tan trista que per uns moments s'esquerdava la cuirassa amb què volia protegir-se sempre.

–Recordes que quan vam arribar aquí et vaig dir que no esperessis fer amics? –va dir la mare tot d'una–. Que la gent era esquerpa i tancada?

La Mei es va sentir un punt desconcertada pel comentari.

–Me'n recordo, sí...

–M'equivocava –va dir, taxativa, la Tina–. Tens amics, estàs integrada, toques en un grup musical... I això, sense ni tan sols molestar-te a adaptar-te: no pots fer més pinta de noia de ciutat. Jo, en canvi...

De cop i volta, la Mei es va adonar que la mare buscava el seu suport, la seva comprensió i potser fins i tot el seu consell.

La mare demanava consell a la filla... El món a l'inrevés.

O potser no? O potser fer-se gran consistia exactament en això, a veure com la distància amb els pares es va fent més petita i com les relacions van canviant a poc a poc?

–Tu deus tenir els teus motius, mare, però aviat farà dos anys que vivim a Tamasca. Potser hauries de fer-te amb més gent. No ho sé, trencar la closca...

–Deixar de ser la dona rara de la botiga d'herbes –va acabar la frase la mare, amb un somriure trist.

–Això segur que no t'ho diu ningú! –va protestar la Mei.

–No, això no –va reconèixer la mare–. Això no.

La Mei va estar a punt d'aprofitar aquell moment de confidències per preguntar-li per aquella frase tan estranya de l'Agneta de la Codina, per què li havia dit «néta i besnéta de bruixa». Però no ho va fer. Era la primera vegada que la mare se li confiava d'aquella manera, i s'adonava que el millor era no forçar les coses.

Aviat començaria a preguntar sobre tot allò que la mare mai no li havia volgut explicar. Sobre el seu pare. Sobre aquell primer viatge a Tamasca quan ella era un nadó i el que aleshores va passar.

Aviat sabria.

Hi ha dies que passen tan de pressa com si no existissin, i d'altres, en canvi, que s'arrosseguen com si les agulles dels rellotges estiguessin submergides en sorra. I per als quatre components de Ferrats, aquell dimarts va ser dels segons. En Gerard i la Mei, cadascun a la seva manera, estaven més nerviosos del que cap dels dos no hauria reconegut mai per la perspectiva de fer plegats el treball de fotografia i matemàtiques; la Sara patia per en Truk, que no havia aparegut encara, i en Daniel patia per la Sara, trist de veure-la tan malament.

El temps, però, sempre acaba passant, i va arribar l'hora de la sortida. En Gerard i la Mei van enfilar junts el camí que duia cap al poble, enmig del corrent d'alumnes de totes les edats que hi feien cap. La tarda era freda i calmada, i es feia ràpidament de nit sota un cel de plom que semblava que pesés damunt les muntanyes. La noia caminava en silenci, amb els ulls fixos endavant, com si evités de mirar el seu amic per por de mirar-lo massa o massa intensament. En Gerard, en canvi, xerrava sense parar, i quan van arribar al portal de casa de la Mei, ja li havia explicat totes les idees que tenia per al treball de fotografia; de fet, duia a la butxaca un llapis de memòria amb algunes imatges d'exemple.

Quan van entrar al pis, encara faltava molt perquè la mare de la Mei tanqués la botiga, i l'única que els va sortir a rebre va ser la Carmilla, que es va començar a refregar per les cames de tots dos, contenta de tenir algú amb qui jugar.

–El nom és el de la protagonista d'una novel·la antiga –li va aclarir la Mei, mentre deixava les claus a sobre de la tauleta del rebedor i en Gerard s'ajupia per acariciar la gata, que roncava de satisfacció–. Una vampira.

–No deus voler dir una vampiressa? –va preguntar ell, al mateix temps que enretirava la mà després que la Carmilla, jugant, li clavés una mossegada.

La Mei li va llançar una mirada severa, com si aquella mostra d'ignorància l'hagués ofès.

–Una vampiressa és una dona seductora amb mala idea. El vampir femella és la vampira.

–D'acord, però creia que el que et molaven eren els licantrops...

–Els licantrops es converteixen en llops –va explicar la Mei mentre el guiava cap a la seva habitació–. I un llop no deixa de ser un gos. A un gat no li pots posar nom de gos: l'ofendries.

I en Gerard va haver de reconèixer que allò tenia una certa lògica..., alhora que, sense voler-ho reconèixer, s'alegrava que la Mei no tingués gos.

–I alguna cosa de vampira sí que té –va afegir la Mei, entrant al menjador–. Mira el que em va fer abans-d'ahir jugant!

Es va aixecar el puny esquerre del jersei i li va ensenyar aquelles esgarrinxades que tant l'havien inquietat dissabte a l'assaig.

En Gerard va mirar la gata i gairebé se li va escapar un sospir d'alleujament.

L'habitació de la Mei era un espai senzill i agradable, fresc i ben il·luminat, amb una finestra que donava a la plaça del poble, damunt un radiador que just en aquell moment començava a roncar. Damunt la taula, un ordinador de caixa compacta, però amb monitor gran, i alguns llibres i llibretes de l'institut apilats a un costat. Presidia l'habitació, a la paret damunt el llit, un gran pòster de l'il·lustrador argentí Ciruelo Cabral, amb un drac cavalcat per una donzella guerrera volant per un cel de tempesta. En Gerard va deixar anar un xiulet.

–Impressionant, el pòster!

–I què et pensaves que tindria? –va respondre la Mei impertorbable, mentre engegava l'ordinador–. La Hello Kitty?

–M'hauria estranyat una mica, sí...

Van seure junts a l'escriptori, davant la pantalla de l'ordinador, mentre en Gerard començava a exposar les seves idees per al treball i la Mei inseria el llapis de memòria a la unitat central. La taula era petita i els obligava a seure molt junts, tocant-se, però això no semblava aturar les ganes de parlar d'en Gerard. La Mei, en canvi, feia esforços per no apartar els ulls de la pantalla, i se sentia al mateix temps tensa i furiosa pel fet d'estar tensa.

Per al treball havien de presentar una fotografia que representés d'alguna manera un concepte matemàtic, acompanyada per un text explicatiu que aclarís la relació i desenvolupés el concepte. No era fàcil, però en Gerard ja havia tingut unes quantes idees, havia buscat relacions matemàtiques en algunes fotografies de la seva col·lecció.

L'Alda, a més, els havia dit que seleccionaria els millors treballs per presentar-los a un concurs en què prendrien part estudiants de tot el país, i això encara havia donat més idees al noi:

–El que hem de fer és que les fotografies no siguin abstractes, no siguin de coses que es puguin trobar en qualsevol lloc, sinó que hem de fotografiar coses pròpies de Tamasca, coses ben particulars...

Mentre parlava, s'anava movent amb clics nerviosos del ratolí per les carpetes que contenia el llapis de memòria, fins que va trobar el que buscava.

–Per exemple...

La imatge d'una vaca va omplir tota la pantalla. Era un primer pla de la cara, tot i que es podia intuir que l'animal estava pasturant en un prat. La vaca mirava la càmera amb un interès que feia inevitable un somriure, però la Mei no ho acabava de veure clar.

–On veus tu el concepte matemàtic?

En Gerard va assenyalar la pantalla amb vehemència:

–És una vaca de can Coma, noia! Llet i formatges de producció ecològica garantida! Que no ho veus?

La Mei va fer espetegar la llengua i va negar amb el cap.

–És un cercle perfecte, Mei! La vaca menja l'herba i després la torna a la terra en forma de fems que faran créixer nova herba que la vaca...

La Mei es va adonar just a temps que li estava prenent el pèl i li va clavar una pessigada al braç.

La segona imatge era molt diferent, i fàcilment identificable. Era una vista general del funicular miner, tirada des d'algun lloc molt a prop de Tamasca. Es podien veure clarament les ruïnes de l'estació baixa, el traçat de la via fins a la bifurcació que permetia l'encreuament dels vagons, vora el pontet de la carretera de Behiberri, i després la continuació de les vies, fins que es perdien de vista entre les roques del vessant. La Mei, per un moment, va tenir la temptació de preguntar-li si l'havia escalat, però es va contenir: no coneixia ningú que hagués complert l'antiga tradició d'escalar el funicular miner, i suposava que, si algun noi de la vall ho feia, evitava d'anar-ho comentant. En canvi, sí que va preguntar-li quin sentit matemàtic tenia aquella fotografia.

–Un funicular resumeix dos conceptes matemàtics: la línia recta i el pla inclinat!

La Mei va sospirar i va aixecar els ulls al sostre. La fotografia era molt bona, però estava clar que en Gerard no era gaire brillant amb les matemàtiques: no creia que a l'Alda li fes gaire gràcia que els conceptes matemàtics presentats fossin de nivell de primària.

Tampoc no va acabar de fer-li el pes la fotografia següent. En Gerard l'havia fet a l'estació baixa del funicular, i mostrava un primer pla d'un dels grossos cargols de cap hexagonal que fixaven les vies. La fotografia ressaltava les clapes d'òxid del metall i transmetia una profunda sensació d'abandonament i pena. Era excel·lent i suggeridora, però no acabava de veure la relació que tenia amb el tema.

–Un hexàgon? –va preguntar.

–No. Un hexàgon inscrit en un cercle, que és el cap del cargol. Si hi afegim el gruix del cap del cargol, podem dir que el cercle és la base d'un cilindre. I si pensem en el cargol sencer, veiem que en aquest cilindre s'inscriu un cilindre de radi menor que, a més, té una rosca. Segur que es pot trobar una relació matemàtica entre el costat del cilindre, l'apotema, el radi dels dos cilindres i el pas de rosca. I tot plegat, amb la gràcia que els cossos geomètrics queden amagats, i a la foto només es veu l'hexàgon.

La Mei va negar amb el cap. Allò li semblava una mica massa enrevessat per a una fotografia que, al cap i a la fi, només ensenyava una peça hexagonal de ferro rovellat. Però la idea de buscar relacions matemàtiques a partir d'elements del funicular miner, emblema de la vall, li agradava cada vegada més, i es va afanyar a dir-l'hi.

–Doncs a veure què et sembla aquesta foto! –va fer ell tot obrint l'arxiu següent.

A la Mei li va costar una mica identificar el que veia. Per sort per al seu orgull, ho va aconseguir abans que en Gerard l'hi hagués de dir: era un primer pla d'un canvi d'agulles, segurament el punt en què el tram de doble via que permetia als dos cotxes del funicular encreuar-se es tornava a unificar en una de sola. També allà hi havia taques d'òxid, sensació d'abandonament, males herbes creixent entre el balast brut... Però, quin concepte matemàtic hi havia allà al darrere? La gràfica d'una funció? El símbol d'una integral?

–Les vies han estat massa temps separades –va aclarir en Gerard, abans que ella digués res–. Ara s'ajunten i en fan una.

–I això què representa?

–Això ens representa a nosaltres –va dir ell.

I la va besar.

Va agafar-la tan de sorpresa, que es va tirar enrere a la cadira i va estar a punt de caure a terra. El noi va interpretar malament el gest i es va separar d'ella, però la Mei va tirar-li els braços al coll de seguida i respondre al petó amb una passió que cap dels dos no havia conegut mai abans.

Quan es van separar una mica, per agafar alè, en Gerard gairebé tremolava i la Mei tenia llàgrimes als ulls.

–Tu també...? –va començar ell.

–I tu no et decidies... –va fer ella.

I es van tornar a besar, amb la noia inclinada cap a ell, estretament abraçats, perduts en la felicitat, perduts en el plaer, amb els ulls tancats i tots els sentits concentrats en el tacte.

La Mei va ser la primera a reaccionar:

–La meva mare deu estar a punt d'arribar –va dir, tot apartant-se una mica d'en Gerard–. Potser que fem alguna cosa.

–Ja estem fent alguna cosa.

–Vull dir del treball de mates, soca!

Van intentar seure ben rectes a la cadira i mirar i comentar les fotografies que en Gerard anava fent desfilar per la pantalla. Però el cert era que cada cop que les seves mirades es trobaven, acabaven l'un als braços de l'altre i besant-se de nou.

El soroll de les claus a la porta els va interrompre i els va obligar a respirar fondo per asserenar-se. A la pantalla de l'ordinador, una tofa d'herba entre les vies del funicular volia representar el concepte de caos. Amb una ràpida mirada al seu voltant, en Gerard va voler comprovar que no hi havia res fora de lloc, mentre la Mei s'aixecava, potser un pèl massa precipitadament, per anar cap al rebedor.

–Hola, mare! –va sentir que saludava, i el to li va sonar artificialment alegre–. Ja ha vingut en Gerard i estem amb el treball.

Va sentir que la mare de la Mei deia alguna cosa, i després les seves passes travessant el menjador i anant cap a la porta de l'habitació.

El noi es va aixecar tan de pressa que es va donar un cop amb el cantell de la taula. Però va dominar la fiblada de dolor amb un somriure i es va girar cap a la porta, amb ganes de causar una bona impressió.

–Hola, Gerard! –va saludar una veu alegre en el mateix moment que la mare de la Mei apareixia al pas de la porta i el noi acabava de girar-se cap a ella –. Sóc la Tina, i...

La frase va quedar interrompuda per un xisclet ofegat i en Gerard va obrir uns ulls com unes taronges quan va veure com la Tina es quedava de cop immòbil, amb la mà esquerra tapant-se la boca i la dreta buscant el marc de la porta com si estigués a punt de caure, alhora que els colors li fugien de la cara i la mirada es clavava en ell com en una visió horrible.

–Senyora... –va balbucejar.

Però no va poder dir res, perquè la Tina, enfonsant la cara entre les mans, havia fet mitja volta i havia desaparegut pel passadís. Un moment després, es va sentir el fort cop de la porta d'una habitació en tancar-se.

En Gerard i la Mei es van quedar clavats al lloc on eren, ella al passadís, a tocar de la porta de l'habitació; ell a dintre, amb la mirada fixa encara en el punt on la Tina havia desaparegut.

–Què...? –va començar a dir el noi, però la noia va negar amb el cap, per fer-li entendre que tampoc ella no ho comprenia–. Què li ha passat a la teva mare? –va acabar, malgrat tot, la pregunta.

La Mei va arronsar les espatlles.

–No ho sé. Et meravellaria saber la quantitat de coses de la meva mare que no sé o que no entenc.

En Gerard hauria donat qualsevol cosa per poder-se treure del damunt aquella desagradable sensació d'haver fet alguna cosa malament. Sabia que no tenia sentit, però, tot i això...

–Què vols que faci?

–Em sembla que val més que marxis. Jo parlaré amb la mare, a veure què...

Es van fer un petó ràpid a la porta del pis. En Gerard va veure llàgrimes als ulls de la Mei.

*L'encontre impossible es va produir en un vessant, prop del cau, a la llum de la lluna. La natura no havia previst que una cosa així succeís mai. Es trobaven dos mons, dues morfologies, dues adaptacions diferents i oposades, que en condicions normals mai no haurien coincidit. Al vessant prop del cau, en un prat rocallós, el gran ós bru, senyor de la serralada, va sortir al pas de la bèstia, dominadora de les planes i ombra de les jungles. Cap instint, cap codi de la sang no els havia preparat per trobar-se, per identificar-se com a sobirans rivals, però el gest, el pas, la manera de reptar l'adversari, els delataven.*

*La bèstia estava ferida. La seva darrera víctima no s'havia comportat seguint els paràmetres de cap presa: l'havia amenaçat primer, com si esperés que la podia fer fugir, i després, de seguida, l'havia atacat.*

*El combat havia estat ràpid, però de cap manera fàcil. El coll d'aquell animal havia resultat ser invulnerable i li havia ferit cruelment les barres i la cara. Per sort, els ullals i l'atac a la gola no eren les úniques armes de la bèstia.*

*L'ós va ensumar l'aire aixecant el musell amunt, gairebé alçant-se sobre les potes del darrere, estranyat d'aquella flaire desconeguda que immediatament va relacionar amb una amenaça. La bèstia, clavada al lloc on era, es va arrupir a punt per al salt, mentre al més profund de la seva gola començava a néixer un ronc greu que va ressonar sota la lluna.*

*L'ós va intuir que la bèstia era lleugera i ràpida com el vent, a més de letal.*

*La bèstia va intuir que l'ós era tenaç com la muntanya, indestructible.*

*Cara a cara, es van desafiar, la bèstia com un ressort tens, a punt de disparar-se; l'ós, dreçat sobre dues potes, amb les urpes a punt i un gruny formant-se-li també a la gola.*

*Van passar uns segons interminables.*

*L'ós va tornar a posar-se de quatre potes i va abandonar el prat.*

*La bèstia va continuar el seu camí.*

No feia ni un minut que en Gerard havia arribat a la seva habitació de la Casa, amb el cap fet un embolic, quan en Daniel va trucar a la porta, amb moltes ganes de saber com havien anat les coses. Però quan va veure la cara que feia el seu amic, el somriure trapella que l'acordionista duia a la cara es va transformar a l'instant en una ganyota de preocupació.

–Què passa? No em diguis que t'ha engegat! Si la Sara i jo hauríem jurat que...

En Gerard va fer que no amb el cap tristament mentre el convidava a passar i tancava la porta.

–No, no m'ha engegat –va dir amb to greu. Va seure al costat del llit mentre en Daniel anava a recolzar-se a la finestra–. Però quan ha arribat la seva mare... No ho sé, no entenc la reacció que ha tingut.

–Com si li estiguessis violant la nena –el va interrompre en Daniel–. És la reacció que tenen sempre. Però després els passa, no et pensis. Jo ara tinc molt bon rotllo amb la mare de la Sara, i mira que al començament em feia l'efecte que en qualsevol moment despenjaria l'escopeta!

En Gerard va fer un gest aixecant els braços per mirar d'interrompre el torrent d'optimisme del seu amic.

–No em refereixo a aquest tipus de reacció. Ha estat molt estrany...

–Doncs potser que m'ho expliquis pam a pam, no trobes? A veure: amb la Mei heu fet el treball aquest de les fotos rares, o has aprofitat per dir-li alguna cosa?

–L'hi he dit.

–I què?

La resposta no va venir amb paraules. En Gerard es va posar tan vermell que en Daniel es va haver d'aguantar el riure.

–Ja m'ho has dit tot, xic! Llavors arriba la mare, et troba descordat i tu t'estranyes que et vulgui tirar per la finestra!

Per primera vegada des que havia sortit de casa de la Mei, en Gerard va aconseguir somriure.

–No estava descordat, animal!. Només ens havíem fet uns petons, i quan ha arribat la mare estàvem amb el treball. El cas és que la Mei surt a dir-li hola, ella ve cap a l'habitació per saludar-me, molt normal, i aleshores, de cop, quan em veu... Té un sobresalt i marxa corrent com si jo li fes por!

En Daniel es va separar de la finestra.

–Por? Com vols dir, por?

–Vull dir exactament el que estic dient. Por.

Es va fer el silenci. En Daniel hauria volgut trobar una resposta enginyosa per treure importància a tot plegat, però s'adonava que no seria oportú, i que potser el millor que podien fer tots dos era intentar entendre seriosament el que havia passat.

–La Tina de can Pots té fama de rara. Són coses d'aquestes que diu la gent i que normalment són una bestiesa. Però, en aquest cas...

En Gerard va enfonsar la cara entre les mans.

–Daniel: seria rara si m'hagués mirat malament, si m'hagués escridassat, si hagués reaccionat com si, com dius tu, li estigués violant la nena. Però no és això. Li faig por! A aquella dona li faig por.

Entre tots dos van repassar tots els possibles motius que hi podia haver per a aquella por, però sense arribar a cap conclusió. La Tina i ell no s'havien vist mai abans, ni tan sols no vivien al mateix poble...

–I no pot ser que li recordis algú?

En Gerard es va aixecar i va anar a mirar per la finestra. A fora ja s'havia acabat de fer de nit, i els projectors de la pista de bàsquet il·luminaven un partit entre alumnes més petits. El soroll del bot de la pilota sobre el formigó arribava vagament fins allà.

–Mira, Daniel: em sembla que encara que li hagués recordat el mateix dimoni, no hauria fet aquella cara!

Quan la Mei va anar cap a l'habitació de la seva mare, a fora, al carrer, ja era fosc del tot, i el silenci del pis s'havia tornat tan dens, que el tic-tac del rellotge del menjador ressonava al passadís com si volgués traspassar les parets.

Va trucar a la porta. Una veu trencada la va convidar a passar.

La Tina jeia al llit, cara amunt, amb els ulls plens de llàgrimes. Havia encès el llum de la tauleta de nit, que projectava damunt l'escena una llum groguenca i trista.

La noia va anar a seure a un costat del llit.

–Mare...

La Tina es va eixugar els ulls amb un mocador.

–El teu amic...

–Ja ha marxat –va aclarir la noia.

–Es deu pensar que sóc boja.

La Mei estava desconcertada. Mentre anava cap a l'habitació, mentre trucava a la porta, el sentiment que la dominava era la fúria. Però ara, veient la mare d'aquella manera, només sentia desconcert i alguna cosa semblant a la compassió.

–Què ha passat, mare?

La Tina va sospirar i es va incorporar al llit. Se la veia insegura, i això encara va desconcertar més la filla, acostumada a veure-la sempre plena d'energia.

–Una bestiesa. M'he impressionat. El teu amic s'assembla molt a algú, a un noi que va morir fa molt de temps. I quan l'he vist, així, de cop...

Van quedar callades uns moments. La Tina semblava ara molt més tranquil·la, però la Mei tenia la sensació, com sempre, que la seva mare no l'hi havia explicat tot. O, directament, que mentia. Però la felicitat que havia sentit als braços d'en Gerard, aquells petons que encara li feien pessigolles a la boca, la feien sentir-se forta, i aquest cop no va callar.

–Mare: algun dia m'hauràs de parlar de la teva vida. De quan vivies al poble. Hi ha moltes coses que no sé. Massa.

Quan ho va haver acabat de dir, va témer que la mare s'enfadaria. La Tina, però, va allargar una mà per acariciar-li els cabells, per la banda del cap on els tenia llargs, i va col·locar-li bé el serrell, com si fos una nena petita.

–Hi va haver gent que em va fer molt de mal. Molt. Però potser tens raó. Un dia t'ho explicaré tot, Mei. T'ho prometo.

Ara, la veu de la mare va sonar sincera. Però la Mei no es va conformar, i va aprofitar aquella escletxa de sinceritat per llançar-s'hi a fons.

–Mare, l'Agneta de la Codina em va dir l'altre dia una cosa ben estranya.

Va notar com la seva mare es posava tensa. Alerta.

–Què et va dir?

–«Remei dels remeis, néta i besnéta de bruixa.»

Quan va sentir allò, la Tina es va relaxar d'una manera tan visible, que la Mei va comprendre que la frase era trivial, però també que l'Agneta sabia alguna d'aquelles coses que la mare no volia que sabés encara.

–És una manera de parlar, dona! –L'alleujament que sentia l'havia fet somriure per primera vegada aquella tarda.– La meva àvia era herbolària, i va ser qui va obrir la botiga. I la meva mare va continuar el negoci. Totes dues preparaven remeis de tota mena. Totes dues eren trementinaires, com l'Agneta. I com l'Agneta, tenien fama de bruixes. Ja ho veus: ets néta i besnéta de bruixa. Com que jo vaig marxar a viure a ciutat, per a l'Agneta no compto com a bruixa. No sé massa com m'ho he d'agafar!

Van riure plegades, amb la sensació que un nus d'angoixa s'acabava de desfer.

Però en aquell moment, quan potser la Mei hauria pogut aprofitar per fer que la mare li expliqués més coses, el timbre de la porta les va interrompre.

Un cop. I un altre. I un altre. Insistentment. Frenèticament.

Mentre la Tina acabava d'incorporar-se, la Mei es va aixecar i va córrer cap al rebedor.

Quan va obrir la porta del pis, va trobar la Sara al replà, amb el dit encara al timbre.

Desencaixada. Plorosa. Tremolant de cap a peus.

Instintivament, la va abraçar.

–Nena! Què et passa?

Però la Sara plorava i plorava, i s'abraçava amb força a l'amiga, i no podia parlar.

Just quan la Tina arribava al rebedor, va aconseguir dir, entre plors:

–En Truk! En Truk! L'han trobat uns caçadors!

La Mei va tenir un estremiment de pena en comprendre que el gos havia de ser mort.

–On...? –va preguntar, perquè de fet no sabia ni què preguntar exactament ni com fer-ho.

La Sara es va separar un moment d'ella i va mirar la mare i la filla amb els ulls vermells i botits i una expressió a la cara que era d'alguna cosa molt més profunda i terrible que la pena.

–L'han trobat mort, Mei. Esbudellat i penjat d'un arbre.

# 7 *Autòpsia*

QUAN LI VA SONAR el telèfon mòbil, l'Alda estava sopant a la cantina de l'institut, compartint taula, com molts vespres, amb l'Encarnació i l'Antònia.

El sopar a la cantina era per a la professora un altre dels moments agradables del dia. La directora solia sopar amb ella quan es quedava a treballar fins tard al seu despatx, i l'Antònia també s'acostava a la seva taula quan acabava de servir el sopar als alumnes interns. Era el moment de comentar com havia anat el dia, però també d'explicar petites anècdotes de la vida a l'escola i al poble, que ajudaven l'Alda a adaptar-se més ràpidament a la vall. I tant l'Antònia com l'Encarnació s'havien acostumat de seguida al fet que l'Alda, al contrari que elles, no parlés mai d'ella mateixa ni del que havia fet abans d'arribar a la vall de Tamasca.

Aquell vespre, l'ambient a taula era especialment alegre, perquè l'Antònia era tia d'en Quel, i s'havia emocionat quan el noi li havia explicat com l'havia ajudat la professora després de la matança de la granja.

–Vaig acompanyar l'Isaïes i, quan vaig veure el que havia passat, no podia marxar com si res... –va dir l'Alda per treure-hi importància–. També he demanat a l'Isaïes que m'avisi si torna a passar alguna cosa estranya.

–Vaja! –va riure l'Antònia–. Ara resultarà que tens

experiència com a ajudanta de veterinari. Perquè experiència amb matances, suposo que no en tens!

–Ni l'una ni l'altra, Antònia. Curiositat, només!

I l'Alda va riure. Però va ser un riure tan forçat, tan fals, que les altres dues van haver de dissimular que se n'havien adonat.

En aquell moment va sonar el mòbil i l'Alda va butxaquejar per trobar-lo. Quan va mirar la pantalla, va veure el número del veterinari.

–Isaïes? –va contestar nerviosament.

L'Encarnació i l'Antònia van poder veure com li canviava la cara.

–No toquis res, que ara mateix vinc. –I, després d'una pausa dubitativa:–Conec els amos? –Una ràpida explicació a l'altre extrem de la línia, i l'Alda va arrufar les celles.– Merda, pobra nena... Digue'm com s'hi va.

Quan va penjar, va mirar amb aire greu les seves companyes de taula.

–Era l'Isaïes –va dir ràpidament, abaixant el to de veu perquè els alumnes que estaven sopant a la cantina no la sentissin–. Uns caçadors han trobat un gos mort. Bé... No només mort: destrossat com les gallines del teu nebot. I a sobre era el gos de la Sara, la de tercer.

–Destrossat? –A l'Encarnació li va tremolar la veu.– Però quina mena de gos era?

–Un mastí dels Pirineus, Enka –va fer l'Alda, ja aixecant-se–. I adult.

–Truca'm després! –va demanar-li l'Encarnació, quan la professora de matemàtiques sortia ja de la cantina, tan de pressa com l'hi permetia la cama.

Deu minuts més tard aturava el seu quad al costat del Land Rover de l'Isaïes al marge d'un camí veïnal, no gaire lluny de l'escola ni de la masia on vivia la Sara, per la banda de la muntanya. Segurament –va calcular–, l'estació inferior del funicular miner no era gaire lluny d'allà.

Hi havia un parell de cotxes més al costat del camí i, una mica més endavant, un vehicle de la policia local il·luminava amb els focus un arbre aïllat en un marge. Hi havia homes amb llanternes anant amunt i avall: els policies, un home gran que va identificar com l'alcalde i que estava parlant amb l'Isaïes, quatre homes més que devien ser els caçadors, perquè encara duien l'escopeta a l'espatlla. Una parella madura, probablement els pares de la Sara, es mirava l'escena amb aire desolat.

L'Alda va localitzar de seguida la seva alumna. Estava recolzada al capó d'un dels cotxes, amb el cap baix i els cabells tapant-li la cara. Al seu costat hi havia la Mei, que intentava inútilment consolar-la.

–Noies...

Quan la Sara va aixecar els ulls i la va veure, va anar cap a ella i la va abraçar amb tanta força que va estar a punt de fer-la caure. Tremolava i tenia la veu trencada, però ja no plorava.

–Alda... Gràcies per haver vingut.

I ella, que en un primer moment s'havia fet enrere desconcertada, va respondre amb força a l'abraçada, amb llàgrimes als ulls, mentre li deia a cau d'orella unes paraules estranyes:

–No us passarà res. Us asseguro que no us passarà res...

Si la Sara no hagués estat tan enfonsada en el seu dolor, segur que li hauria estranyat d'allò més aquella frase.

Quan es van separar, la professora va veure que tenien el veterinari al costat.

–Pots venir, Alda?

Ella va assenyalar la Sara:

–L'hauria de veure algú.

L'Isaïes va negar amb el cap i va mirar la Mei, que també se'ls havia acostat.

–Ja coneixes la Remei de can Pots. –Va ignorar la mirada assassina de la noia quan es va sentir anomenar d'aquella manera.– La seva mare és aquella noia d'allà –va assenyalar la Tina, que estava parlant amb els pares de la Sara–. Ja li ha portat unes herbes calmants de la botiga. Te'n pots refiar.

L'Alda va assentir i es va allunyar amb l'Isaïes mentre la Mei es quedava amb la Sara.

Van passar per davant dels policies municipals i van arribar al peu de l'arbre. L'Alda de seguida va veure l'embalum que penjava entravessat d'una branca gruixuda. També hi havia alguna cosa que penjava per sota: quan l'Isaïes li havia dit que havien esbudellat el gos, no parlava en sentit figurat.

–La Sara... –va començar.

–No l'hem deixat acostar-s'hi, pobra noia –va aclarir l'Isaïes.

–Però, qui...?

–El que va amenaçar aquella vaca. Els ulls que va veure l'Agneta. El que va atacar la granja de gallines. Però això és més seriós. –Va encendre la llanterna i va il·luminar el cos mutilat a la branca.– Estem parlant d'un mastí dels Pirineus adult, entrenat com a guarda de bestiar i amb un collar de punxes dels que es fan servir per defensar-los dels llops. Matar-lo no deu haver estat fàcil, però encara deu haver estat més difícil pujar dalt de l'arbre un animal que deu pesar uns setanta quilos.

–Empremtes?

–Senyals de lluita i marques i taques de sang a l'arbre, però res de prou clar.

–No ho pot haver fet una persona? És el que vaig pensar amb les gallines.

L'Isaïes va negar amb el cap. No tenia sentit. Com ho haurien fet? Amb una destral? Amb una motoserra? I com podrien haver-lo pujat a l'arbre? I per què?

–I un ós? –va insistir l'Alda.

El veterinari la va aturar amb un gest.

–Estic esperant una grua perquè baixi el cos de l'arbre al més sencer possible i me'l carregui al remolc. Me l'enduré a la clínica per fer-li l'autòpsia i preparar un informe per a l'alcalde i la policia. Si vols...

–Si m'hi vols, t'ajudaré. Ja et vaig dir que no sóc aprensiva.

Una hora més tard, mentre la Mei i la Tina acompanyaven la Sara i els seus pares de tornada a casa i es quedaven amb ells per donar-los suport, el pobre Truk jeia com una desferra sangonosa a la taula quirúrgica de la clínica veterinària de l'Isaïes. El veterinari, amb bata i mascareta, examinava el cos i anava assenyalant tots els detalls a l'Alda. A fora, a la saleta, l'alcalde i el caporal de la policia local esperaven els resultats, tots dos força pàl·lids després d'haver ajudat a traslladar el gos.

–Hi ha una cosa que està claríssima –va dir l'Isaïes al cap d'una estona–: això no ho ha fet cap ós.

–Hi entens, en atacs d'ós?

L'Isaïes va explicar-li que, quan un ós atacava una ovella, cosa que passava molt de tant en tant, l'Administració era responsable d'indemnitzar el ramader, però que prèviament calia fer una autòpsia per demostrar que realment aquest animal havia estat el responsable.

–Veus això? –li va assenyalar unes marques d'ungles al pit del gos, a prop de la terrible ferida que l'havia esventrat.

L'Alda es va obligar a mirar, tot i que interiorment començava a tenir por d'estar-se posant tan pàl·lida com els dos homes que esperaven a fora.

–Sembla una urpada.

–Una urpada neta al pit, a sobre de les costelles. La ferida no és greu. Ha estat la urpada següent la que li ha tret les tripes. Fixa't en les marques: l'urpa de l'ós és més del doble d'ampla.

Amb el bisturí va fer una incisió neta al voltant de la ferida. Després, amb les pinces, va enretirar el teixit deixant al descobert les costelles de sota.

–Ho veus? Les costelles estan intactes. Això és definitiu.

–Per què? –A l'Alda, aquella urpada li semblava tan terrible com qualsevol altra.

–Ferida incisocontusa, Alda: això és un cop directe que va encertar de ple el flanc. I la urpada de l'ós no és així; la urpada de l'ós pot arrencar tot el costat a una vedella. L'equivalent d'aquest cop donat per un ós hauria trencat les costelles, hauria esbotzat la caixa toràcica i no hauria calgut cap altra urpada. A més, caram, els óssos no van rondant les masies i atacant els gossos de guàrdia. I a cap ós no se li acudiria enfilar-se a un arbre arrossegant setanta quilos de pes mort. Quin motiu podria tenir per fer-ho?

–Aleshores, qui ho fa fet?

–Algú molt cruel –va comentar l'Isaïes, dirigint la seva atenció a la gran ferida ventral–. Els budells són a fora i els òrgans interns estan destrossats, com si haguessin estat burxant dins la ferida amb les urpes. No ha estat una mort neta. I mira això: en Truk va morir lluitant.

Li assenyalava l'impressionant collar de defensa que duia el gos. Hi havia puntes cobertes de sang resseca, que probablement era del seu atacant. I entre les barres, rígides per la mort, hi havia restes de pèl negre, que l'Isaïes va recollir amb unes pinces i va dipositar dins un tub d'assaig.

–Ja tenim el perfil de l'assassí: una bèstia de color negre, molt més petita que un ós, que ataca tirant-se al coll i que, si falla, continua amb les urpes, però com si gratés dins el cos de la seva víctima, com si busqués de fer el màxim de mal possible. Després agafa la presa i la puja a un arbre, sense tenir en compte el pes.

–I quin animal és? –va fer, un punt seca, l'Alda, que començava a sentir-se una mica marejada i no estava per a endevinalles.

–Cap animal que hagi corregut mai per aquestes muntanyes. Demà em tocarà fer moltes consultes amb col·legues, em temo.

–I a mi em tocarà anar a parlar amb aquell rus que cria bèsties exòtiques, a veure què em pot explicar de tot plegat –va acabar l'Alda, molt decidida.

L'Alda no va arribar a la seva habitació de la Casa fins a quarts d'onze de la nit, però, malgrat l'hora, el primer que va fer va ser telefonar a l'Encarnació, tal com ella li havia demanat. La directora va despenjar tan de pressa, que va comprendre que l'havia estat esperant amb el telèfon a la mà.

–Què ha passat? –va preguntar, sense ni tan sols saludar-la. Realment, havia d'estar molt inquieta per perdre les maneres fins a aquell punt.

–He estat al lloc on l'han trobat –va evitar amb molt de compte dir «el lloc dels fets», com si es tractés d'un crim–. Després he ajudat l'Isaïes a fer l'autòpsia. No sabem què va matar aquell gos.

Va descriure-li amb tots els detalls el que havia vist al camí i les conclusions del veterinari després de l'autòpsia. A l'altre extrem de la línia, sentia la directora respirant pesadament, i s'imaginava la seva cara de preocupació.

–Com està la Sara? –va preguntar l'Encarnació inesperadament.

–Malament. Però la Mei era amb ella, i la mare, l'herbolària, era amb els seus pares. Si no fos per les circumstàncies, tot plegat seria només la mort d'un gos: un disgust molt gran, sí, però que se supera de pressa. I encara no conec gaire bé els meus alumnes, però diria que la Sara és prou sòlida.

L'Encarnació va assentir, va respirar fondo i va preguntar:

–Creus que l'institut ha de prendre mesures per protegir els alumnes? Quan surten a la tarda, ja s'està fent fosc, i han d'anar caminant un tros fins al poble. I el recinte de l'escola està tancat, però ja et vaig dir que no és cap fortalesa.

L'Alda no va entendre que la directora li demanés consell. Encara no coneixia prou el funcionament del centre, ni tenia experiència com per saber què es podia fer en casos com aquells. L'Encarnació, però, es va afanyar a interrompre les seves excuses.

–Alda, entén-me, sisplau. Per aquí al voltant estan passant coses estranyes i ningú no sap donar-hi cap explicació. No puc saber si els meus alumnes corren perill o no, però el que ha passat amb el gos de la Sara em fa pensar que sí. Tinc nens i adolescents que van per un camí quan es fa fosc. Tinc nens petits jugant al pati i ficant-se pertot arreu. I resulta que en algun lloc hi ha una bèstia capaç d'arrencar els budells a un mastí i deixar-lo penjat d'un arbre. Demà convocaré una reunió de pares per a dijous, per parlar de seguretat, però no sé què els he de dir. Els guàrdies municipals poden ser molt útils davant un accident de trànsit o renyant les mares que porten les criatures al cotxe sense cadireta, però no estan preparats per a una cosa així. Els de la societat de caçadors coneixen cada racó del terme i són molt bons fent batudes de senglars cada vegada que hi ha superpoblació, però, francament, no me'ls imagino perseguint bèsties sanguinàries per les muntanyes. Què em queda? L'ADF? Els forestals? Alda, sisplau... –Hi va haver una pausa incòmoda, com si l'Encarnació tingués la sensació d'haver anat massa lluny, d'estar-se movent per un terreny relliscós.– Et vaig prometre que no et parlaria del teu passat. Ara estic incomplint la promesa. Enfada't amb mi si vols, perquè tindràs raó, però entén que no estic demanant consell a la professora de matemàtiques, sinó...

L'Alda va sospirar. Sabia que aquell moment arribaria. Ho havia sabut des de l'atac a la granja d'en Quel.

–No caldrà ni que vinguis a la reunió –va insistir l'Encarnació–. Només digue'm el que he de fer.

–Tranquil·la, Enka. És molt natural que em preguntis, però...

El cap li anava a tota velocitat. Podia objectar que no tenia experiència en aquella mena de situacions, però aleshores l'Encarnació li diria –li costaria ferho, però l'hi diria– que tenia experiència en situacions molt pitjors, i tindria tota la raó. El passat és com l'aigua, que sempre torna al lloc per on corria; és com les cicatrius que no s'esborren mai.

Inconscientment, es va tocar la cama.

–Sigui el que sigui, no s'acostarà a un grup, sobretot si és un grup sorollós. Que no es dispersin mai. Que no vagin sols, ni per dins ni per fora. –Ara parlava atropelladament, gairebé li havia canviat el to de veu.– I si algun ximple et demana de donar-los escorta o de fer vigilància, ni parlar-ne: les feres esbudelladores són una amenaça improbable, però els homes espantats amb escopeta són un perill segur per a tothom, començant per ells mateixos.

# 8 *Bèsties exòtiques*

L'ENDEMÀ, tothom a l'institut parlava del mateix. La notícia de la mort d'en Truk s'havia escampat per tot el poble, i havia fet néixer una inquietud creixent entre la gent. Es feien rotllanes al pati, a l'entrada de les aules, i tothom mirava la Sara amb ulls compassius.

A la noia, aquelles mostres de solidaritat dels companys li van fer pujar els ànims i, a poc a poc, al llarg del matí, va començar a refer-se.

A la sala de professors, l'Alda havia compartit amb en Faust, la Maribel, en Mingo i la resta dels companys tot el que sabia del que havia passat. I també havia parlat amb l'Encarnació per deixar-li clar que no estava enfadada per la conversa que havien tingut aquella nit i que, al contrari, estava disposada a ajudar-la com pogués.

Tothom a l'institut estava inquiet, intrigat, espantat...

Però potser la persona més inquieta era ella mateixa, ja que no podia deixar de pensar en la visita que faria aquella tarda. Una visita que no sabia si seria aclaridora, que no sabia si seria perillosa, però que a estones temia que pogués acabar sent ridícula.

A les quatre en punt, aprofitant que dimecres a la tarda no hi havia classe, l'Alda va sortir amb el seu quad per la porta del recinte de l'institut en direcció al castell del turó, el que l'Isaïes havia anomenat «la torre del rus». Un munt de vegades al llarg del dia havia estat a punt de descartar la idea de la visita, i un munt de vegades s'havia repetit que, si no la feia, no es quedaria tranquil·la. I hi havia d'anar personalment i sense avisar, agafar aquell home per sorpresa, sense donar-li temps per preparar disculpes ni excuses.

Ara estava decidida, però això no feia que veiés més clara la seva situació: havia de trucar a la porta d'un desconegut amb una història extraordinària, aconseguir que l'escoltés i, després, obligar-lo a donar explicacions basant-se només en rumors i xafarderies que corrien pel poble.

I, a sobre, no podia descartar completament la possibilitat que aquella visita pogués ser perillosa.

Va travessar el poble i el pontet del riu per agafar el mateix camí que duia a la granja d'en Quel. Abans d'arribar-hi, va agafar una pista a l'esquerra que s'enfilava pel turó.

Des d'allà ja es veia el castell. Era una construcció d'època modernista, gran, de tres pisos d'alçada, amb torratxes i gablets, com la imatge idealitzada d'un castell. A l'Alda, que no era massa sensible a les fantasies romàntiques, li va produir el mateix efecte que el castell de la bruixa d'un parc d'atraccions. Segons com el mirés, el trobava ridícul, pretensiós, inquietant i bonic. Es va preguntar quina mena de ment recaragolada de començament del segle XX havia pogut dissenyar un edifici com aquell, i qui l'hi havia pogut encarregar. «En totes les èpoques hi deu haver hagut friquis», va concloure.

L'edifici estava envoltat per un alt mur de maó, probablement igual d'antic, i el camí acabava al davant d'una alta porta reixada. Però havien soldat planxes metàl·liques a la reixa per la banda de dintre, de manera que resultava impossible veure l'interior del jardí.

L'Alda va baixar del quad, es va treure el casc i el va deixar penjant del manillar. A un costat de la porta hi havia un intèrfon equipat amb càmera. Va vacil·lar de nou i va estar a punt de deixar-ho córrer, però va pensar que fer-ho era absurd: amb el soroll que feia el seu vehicle, a la casa ja devien haver sentit que s'acostava, i encara més tenint en compte que aquell camí no duia enlloc més.

Va respirar fondo i va trucar.

No va haver d'esperar gaire. Es va encendre un llum intens a sobre de la porta, segurament per il·luminar el camp de visió de la càmera.

–Sí? –va preguntar una veu per l'intèrfon.

–Bona tarda –va saludar ella–. Sé que potser hauria hagut d'avisar, però és que hauria de parlar amb vostè d'un tema una mica urgent. Sóc professora de l'institut del poble.

Havia estat preparant i assajant la frase tot el camí. Si, com deia l'Isaïes, aquell home no solia rebre visites, calia pensar que no estaria disposat a obrir la porta al primer que truqués. Presentar-se com a professora de l'institut sonava al mateix temps prou respectable i prou inofensiu..., i tenia l'indubtable avantatge de ser veritat.

–Passi –va convidar la veu, amb un fort accent eslau–. Pot entrar el quad, si vol.

Amb un brunzit elèctric, la reixa va lliscar cap a un costat sobre un rail, i l'Alda es va afanyar a pujar al quad, engegar-lo i entrar al parc conduint a poc a poc. I si en un primer moment es va sentir contenta en veure que la feien passar en comptes d'atendre-la a peu de carrer, de seguida va sentir un punt d'inquietud quan la porta, silenciosament, es va tornar a tancar al seu darrere.

A l'altra banda de la porta, un camí de grava duia en línia recta fins a l'entrada de la casa, una gran porta situada al capdamunt d'una escalinata de pedra clara. El camí estava flanquejat per alts castanyers, i més enllà es podien veure prats de gespa i parterres amb plantes ornamentals. Un jardiner que podava una tanca vegetal es va girar un instant quan ella va passar, i immediatament va tornar a la feina.

Va aparcar al peu de l'escalinata, sense poder evitar de pensar que la imatge del quad quedava gairebé grotesca en aquell decorat d'un altre temps. Tot just acabava de posar un peu a terra, que es va obrir la porta de la casa, i un home va baixar l'escalinata a pas viu cap a ella.

Devia passar dels cinquanta, alt i prim, de pell molt blanca, amb els cabells grisos tallats molt curts. Anava vestit amb pantalons negres amb la ratlla perfecta, camisa d'un blanc impecable, corbata fosca i jaqueta lleugera, de tall elegant, com un home de negocis trasplantat a les muntanyes de Tamasca. Les sabates brillaven com si les acabessin d'enllustrar, i l'Alda es va preguntar si sempre anava per casa vestit d'aquella manera o si potser havia interromput alguna reunió de negocis.

Quan va ser al peu de l'escalinata, l'home li va clavar uns ulls d'un blau metàl·lic, gairebé gris, que brillaven amb intel·ligència en un rostre de trets angulosos, pòmuls marcats, boca de llavis fins, gairebé inexistents, i barbeta enèrgica. Tot en ell feia pensar en un home acostumat a manar i a ser obeït, però no resultava de cap manera agressiu ni desagradable.

–*Dobryy vexer, gospodin* –va saludar ella.

L'home va aixecar les celles amb un gest de sorpresa i va somriure.

–*Dobryy vexer.* Parla rus, vostè?

–Quatre paraules, només –va fer un pas endavant i va allargar la mà–. Alda Torres. Sóc professora de matemàtiques a l'institut de Tamasca.

L'home va encaixar amb fermesa amb ella. El pas endavant li havia hagut de mostrar per força que era coixa, però els ulls no es van desviar en cap moment cap a la seva cama. Dos punts molt positius, va pensar.

–Stefanov. Igor Mikhailovitx. Negocis d'importació. Però no es quedi aquí a la porta, doctora Torres, faci el favor de passar. –Va fer el gest de precedir-la per l'escala, però de cop es va aturar i va assenyalar els graons.– Podrà? –es va limitar a preguntar, sense necessitat d'assenyalar-li la cama.

–No pateixi –el va tranquil·litzar l'Alda tot començant a pujar. Després, pensant que potser calia trencar una mica tant formalisme, va afegir:– I em temo que els professors de secundària no tenim tractament de doctor.

–Deu ser perquè no volen. Però tampoc no cal que a mi em digui senyor.

Igor Mikhailovitx va acompanyar-la a l'interior de la casa, al llarg d'un passadís flanquejat per portes vidrieres tancades, amb els vidres esmerilats de color verdós, fins a un salonet on dues butaques estaven disposades cara a cara davant una llar de foc apagada. La llum de la tarda entrava per un ample finestral que donava al jardí. Hi havia quadres a les parets, mobles foscos d'aspecte antic, llibres amb els lloms impresos en caràcters ciríl·lics i algunes fotografies emmarcades que l'Alda, per discreció, no es va aturar a mirar. Regnava a la casa un gran silenci, una tranquil·litat un punt trista, però que convidava a la confiança.

Van seure a les butaques, l'home tirat endavant, mirant-la encuriosit amb un somriure als llavis.

–No rebo gaires visites, i reconec que la seva m'intriga. No se m'acut de quin tema urgent ha de parlar amb mi una professora de matemàtiques de l'institut...

L'Alda es va adonar que la frase tenia trampa: era una manera de convidar-la a parlar, però també de dirli que si resultava que l'importunava amb una bestiesa no dubtaria a fer-la fora. Per molt que el seu interlocutor fos amable i educat, no semblava un home a qui es pogués molestar impunement.

–És una mica delicat, senyor Stefanov... Vull dir, Igor. –Per un moment, s'havia preguntat si havia de fer servir el patronímic o no.– De fet, li confesso que fins al mateix moment que he trucat a la porta, no estava segura de si havia de venir o no. Però és un tema important. I greu.

L'Igor es va tirar enrere a la butaca.

–Important i greu? –va repetir–. Aleshores, suposo que no es tracta de demanar-me que faci una conferència als seus alumnes sobre els misteris de Rússia, ni de vendre'm números per al sorteig pro viatge de final de curs, ni de demanar-me disculpes per alguna gamberrada dels nois, perquè no n'han fet cap...

L'Alda va negar amb el cap mentre ajuntava les mans davant la boca i hi recolzava després la barbeta. El rus misteriós era un home força tractable, però allò no feia més fàcil dir el que havia de dir.

–No és res d'això, Igor. Tant de bo ho fos.

–I què és, doncs?

L'Alda va mirar-lo fixament als ulls.

–No sap el que ha estat passant aquests dies?

L'Igor la va fitar amb un punt d'escepticisme a la mirada.

–No rebo visites ni faig vida social, Alda, però això no vol dir que visqui aïllat. Si hagués passat alguna cosa greu, el meu secretari, o el jardiner, o les dues senyores que fan la neteja m'haurien comentat alguna cosa. Cap d'ells no viu al poble, però s'hi mouen prou, sap?

–Si no viuen al poble, potser no s'han assabentat de res –el va contradir l'Alda.

Va agafar aire i va començar a explicar-li tot el que havia passat aquells darrers dies, des de la vaca espantada al prat de can Coma i els ulls que l'Agneta havia vist brillar en la nit, fins a la matança de les gallines i la mort d'en Truk. També li va parlar de l'institut, de la inquietud de l'Encarnació, de la convocatòria de la reunió de pares per a l'endemà... L'Igor l'escoltava molt atent, sense comentar res, però sense perdre's tampoc ni una paraula.

Quan va acabar l'explicació, es va fixar que la llum a la saleta havia minvat. A fora començava a fer-se fosc, i l'ombra de les altes muntanyes queia ja damunt el fals castell. L'Igor, pensatiu, es va aixecar de la butaca per anar a encendre un llum de peu.

–No li he ofert res –va dir, com si es disculpés–. Vaig a preparar un te. Esperi's un moment.

Va sortir del salonet amb passes silencioses, deixant

l'Alda davant la llar de foc apagada, sota la llum càlida de la bombeta, esforçant-se per recuperar la calma. El més difícil ja estava fet, i ja no hi havia tornada enrere: quedava per veure quina seria la reacció del rus a les seves paraules.

Distreta, va passejar la mirada pel salonet. Un parell de fotografies col·locades damunt la lleixa de la xemeneia li va cridar de seguida l'atenció. En una d'elles, en blanc i negre, es podia veure un Igor Stefanov molt jove, però perfectament identificable, vestit amb uniforme militar. En la segona, en color, el mateix Stefanov, potser una mica més gran, treia el cap per l'escotilla principal d'un tanc en un paisatge desèrtic. Va tenir la temptació d'aixecar-se per examinar-les de més a prop, però va pensar que allò potser seria una indiscreció.

L'Igor va tornar al cap de menys de cinc minuts amb dues tasses de te en una safata que va deixar damunt una tauleta auxiliar, entre les dues butaques. Després va tornar a seure i la va mirar amb curiositat.

–Aquesta història que m'ha explicat, Alda, és realment sorprenent i preocupant. És normal que tothom estigui amoïnat i vulguin aclarir què passa. És molt natural que vostè pateixi pels seus alumnes. Però... –Va aixecar les mans, amb els palmells oberts, al mateix temps que arronsava les espatlles, com desconcertat per alguna cosa.

–Però...? –L'Alda s'adonava que havia arribat al punt de començar a pressionar de debò Stefanov.

–Si li he de ser sincer, no entenc per què m'ho ve a explicar a mi: no tinc cap relació amb l'institut, pràcticament no surto de casa...

–No se li acut cap motiu? –va insistir l'Alda.

–Només un, però és una mica rocambolesc. –Stefanov semblava sincerament estranyat, cosa que va descol·locar una mica l'Alda–. Durant un temps vaig practicar molt la caça major, i quan vaig venir a viure aquí vaig endur-me algunes armes. Potser algú del poble, no se m'acut com, ho ha sabut i han pensat a demanar-me consell. Una mica rocambolesc, ja l'hi dic...

L'Alda va negar molt seriosa. No, no era allò.

–No sap què diuen de vostè al poble? –es va atrevir a preguntar.

L'Igor va dir que no amb un somriure, disposat a sentir qualsevol tafaneria improbable.

–Diuen que trafica amb bèsties exòtiques –va etzibar l'Alda, conscient que, després de formular una acusació com aquella, podia succeir qualsevol cosa.

La reacció del rus, però, no va ser de cap de les maneres la que s'esperava: va deixar anar una mena d'esbufec i va estar a punt de deixar caure la tassa de te. L'Alda va tenir un sobresalt, però es va adonar al moment que Stefanov estava lluitant per contenir el riure.

–Que trafico amb bèsties exòtiques! Això és genial, Alda: algú hauria de fer un estudi sobre com neixen els rumors en els pobles petits.

–Ho nega, doncs? –L'Alda començava a pensar que el rus era un gran actor.

–I ara! No ho nego! –Es va aixecar de la butaca i li va fer un gest perquè el seguís.– Té raó, sóc criador de bèsties exòtiques, i hi comercio. Digui'n traficar, si vol, però és un verb que sona lleig. Vingui, vingui, si us plau: l'hi ensenyaré.

–Quina mena de bèsties exòtiques? –va preguntar,

cauta, l'Alda, quan ja el seguia pel passadís de les portes vidrieres.

–*Poecilia reticulata,* és el nom llatí. Vingui, vingui!

L'Alda, inquieta, es va esforçar per fer memòria. El nom científic d'aquells animals era prou estrany. No li sonava de res, i no se li acudia de què podia tractar-se. *Poecilia reticulata...* Potser algun tipus de serp, d'escorpí, d'animal verinós...?

L'Igor va obrir una de les portes, que donava a un gran saló en penombra, on regnava una calor humida.

El saló era ple de grans aquaris disposats al llarg de les parets. Alguns, la majoria, eren simples tancs d'aigua nus, il·luminats amb una llum blavosa. D'altres estaven decorats amb pedres, i hi creixien plantes vistoses. Omplia l'habitació un zumzeig de bombes d'aire i aigua, un borbolleig constant de columnes de bombolles i el sorollet de l'aigua que corria. En tots els aquaris nedaven uns peixos de colors, petits, d'un parell de centímetres de llarg. Alguns eren de color gris clar, però d'altres eren de colors vius, i tenien unes grans cues multicolors en forma de ventall. L'Alda va notar que es posava vermella.

–Peixos d'aquari? –va preguntar amb un fil de veu–. Cria peixos d'aquari?

L'Igor caminava a grans gambades entre els aquaris.

–*Poecilia reticulata* –va repetir–. Originari d'Amèrica del Sud. El nom comú és *guppy,* però els criadors l'anomenen també «el peix del milió», per la velocitat amb què es reprodueix –va explicar, i va assenyalar un aquari petit on nedava un autèntic núvol d'alevins–. Jo en faig cria selectiva, per mirar d'obtenir colors més bonics i cues més espectaculars. Per cert: els acolorits són els mascles i els de colors llisos, les femelles.

L'Alda va arrossegar els peus entre els aquaris, mirant a banda i banda, morta de vergonya.

–Naturalment, no és el meu negoci principal –va aclarir Stefanov–. És poc més que un hobby, i em dóna els diners justos per no perdre'n... Però li asseguro que totes les botigues d'animals en molts quilòmetres a la rodona tenen guppys nascuts en aquests aquaris! Ja veu, doncs, que al poble tenen raó: em dedico a traficar amb bèsties exòtiques!

Quan van tornar al salonet, l'Alda anava amb el cap cot i no sabia com disculpar-se per haver irromput d'aquella manera a casa d'aquell home amb les seves acusacions velades.

–Senyor Stefanov, estic avergonyida –es va disculpar.

Stefanov, en sentir-ho, es va aturar en sec i es va girar cap a ella, molt seriós.

–Avergonyida, Alda? Jo trobo que hauria d'estar orgullosa. –Va anar cap a la finestra i va assenyalar la panoràmica dels boscos de Tamasca, que s'enfilaven cap a les muntanyes sumides en la nit.– En aquestes muntanyes està passant alguna cosa, alguna cosa que potser és un perill per als seus alumnes. Vostè és professora de matemàtiques: no té cap responsabilitat en la seguretat del centre, i ni tan sols no té un lligam sentimental fort amb els alumnes perquè m'ha explicat que és nova. Però els vol protegir. Ajuda el veterinari en les seves indagacions. I, quan li parlen d'un estranger antisocial que viu tancat en un castell criant bèsties exòtiques, es presenta aquí per demanar-me explicacions. –Es va apartar de la finestra i va mirar-la fixament als ulls.– És conscient que, si jo hagués estat el que vostè es pensava que era, s'hauria pogut posar en una situació perillosa? –L'Alda va fer que sí amb el cap, i ell va fer un pas endavant i li va posar una mà a l'espatlla, amb un gest paternal que la va sorprendre.– És valenta, Alda, i això és admirable. Vivim en una època que glorifica els covards. Per això vaig acabar vivint aquí, apartat de tot: perquè sóc un home d'un altre temps que ja no entén com s'ha tornat el món.

–Sí, però... –L'Alda estava atabalada i només tenia ganes de pujar al quad i marxar d'allà al més aviat possible. Només li faltava que l'altre la lloés per acabar de sentir-se ridícula.

Stefanov va somriure:

–Entenc com se sent, i no m'agradaria que ens separéssim així. Per què no fem una cosa? La convido a dinar diumenge i parlem amb calma de tot plegat, i del que està passant.

I l'Alda, sense entendre del tot per què ho feia, ho va acceptar.

# 9 *La balada*

LA REUNIÓ DE PARES de dijous va ser un altre dels moments importants d'aquella estranya setmana. L'Alda hi va anar, igual que la majoria dels professors, sobretot per donar suport a l'Encarnació, tot i que la directora no havia parat d'insistir-li que no li demanaria que intervingués.

Hi van assistir la majoria de les famílies, que van omplir la gran sala d'actes del centre. La gent se saludava i conversava en veu baixa mentre anava seient, però damunt la sala planava una atmosfera general de tensió i preocupació que no podia amagar-se de cap de les maneres.

La reunió va ser força breu, cosa que va sorprendre l'Alda: en Faust l'havia avisat que les reunions de pares podien allargar-se molt, sobretot quan arribaven els torns oberts de paraules. Però semblava que aquell dia ningú no tenia ànims de parlar massa. L'Encarnació va exposar les seves propostes, que coincidien a grans trets amb el que li havia dit l'Alda, i tothom va estar d'acord a suprimir les sortides al pati dels més petits i obligar els alumnes a anar i tornar del poble, a l'hora d'entrada i de sortida, sempre agrupats. En Mingo es va oferir a vigilar que ningú no sortís sol de l'escola, mentre que el caporal de la policia municipal va assegurar que ell faria el mateix per la banda del poble. Un pare va preguntar si no seria convenient mantenir el camí vigilat d'alguna manera, però quan l'Encarnació s'hi va oposar, parlant del perill d'accidents que hi podia haver i exposant els mateixos motius que li havia donat l'Alda, no li va costar gaire de convèncer els assistents.

Quan ja s'acabava la reunió, la mare de la Mei va demanar la paraula. Va explicar que estava d'acord amb tot el que havia dit la directora, però que calia anar una miqueta més lluny. Que ella era partidària de suprimir provisionalment tots els permisos dels alumnes interns per anar al poble. Els moviments dels alumnes a l'hora d'entrada i de sortida eren fàcils de controlar, però els interns amb permís no tenien cap manera d'anar o tornar del poble en grups, i allò era un perill potencial.

Va parlar amb vehemència, amb convicció, i no li va costar gens convèncer els pares que tenien els fills allotjats a la Casa perquè demanessin la supressió dels permisos. En el moment que la proposta es va aprovar per majoria, l'Alda es va preguntar si ella era l'única que trobava estrany que la mare que l'havia presentat visqués al centre del poble i la seva filla no fos, ni hagués estat mai, interna.

I hi havia més coses. Aparentment, la reunió era tranquil·la, però l'Alda havia tingut des del primer moment la sensació que passava alguna cosa, per dir-ho d'alguna manera, per darrere o per sota de les aparences. En aquella reunió hi havia corrents subterranis, mirades i gestos, que no es veia capaç d'interpretar. Sobretot per part de la Tina, la mare de la Mei, que seia a primera fila al costat dels pares de la Sara. Per què havia presentat aquella proposta? Per què s'havia quedat mirant un parell de vegades, intentant dissimular, la mare d'en Gerard, que seia a poques cadires de distància, després que la mare de la Sara l'hi assenyalés? Per què aquell aparent ressentiment en la mirada, si pel que semblava les dues dones no es coneixien de res i ni tan sols ni vivien al mateix poble?

Era com un problema de matemàtiques mal formulat: faltaven dades. I a l'Alda la molestava haver de fer els càlculs per aproximació.

Dissabte al matí, l'Alda va tornar a la sala d'actes, però en unes circumstàncies completament diferents.

La setmana de classes havia acabat sense més ensurts ni fets estranys, i l'institut de Tamasca havia anat recuperant una certa calma. Fins i tot la Sara havia començat a superar l'angoixa, segurament amb l'ajut del Llamp, un cadell de mastí dels Pirineus que el seu pare havia tingut la bona idea de dur a casa i que calia començar a entrenar com a gos de guarda de ramats. Divendres, a l'hora del pati, havia sentit com la noia explicava a en Gabriel les pallassades del gosset mentre jugava amb les ovelles, cosa que li havia confirmat la seva sensació inicial que la noia era prou ferma com per refer-se ràpidament del daltabaix.

«És clar que ella no va arribar a veure com va quedar el pobre Truk», no havia pogut evitar de pensar.

Divendres, els alumnes que no estaven interns i que feien el trajecte fins a l'escola caminant, hi havien arribat al matí en una columna compacta i n'havien marxat a la tarda de la mateixa manera, discretament vigilats pel caporal de la policia municipal i per en Mingo. L'Alda, que va veure l'escena des de la finestra de la seva habitació, la va trobar francament ridícula, però es va abstenir de fer cap comentari a ningú. Al cap i a la fi, ho havia proposat ella.

Quan es va aixecar dissabte al matí, va descobrir que estava plovent. Els cims de les muntanyes es perdien en la nuvolada, i l'aigua queia amb força creixent sobre la vall. Va obrir la finestra per aspirar amb avidesa aquella olor de terra molla. L'aire era fred. L'hivern s'havia fet esperar, però ja arribava.

Va baixar a esmorzar pensant que l'esperava un matí força avorrit, però, sortint de la cantina, en passar per davant de la sala d'actes, va sentir el so dissonant d'algú que afinava un violí. Va empènyer la porta amb curiositat i gairebé va ensopegar amb en Daniel, que l'obria per l'altra banda.

–Alda! –la va saludar, alegre–. Véns a sentir l'assaig?

Ella es va disculpar. Ni tan sols no sabia que hi hagués cap assaig.

–És igual! Passa, seu a la primera fila, que vaig a buscar l'acordió a l'habitació i ara vinc.

L'Alda sabia que alguns dels seus alumnes havien format un grup musical, però la veritat era que no s'hi havia interessat gaire. Damunt l'escenari de la sala d'actes, buida, la Mei afinava un violí i en Gerard acabava d'ajudar la Sara a disposar una bateria damunt una plataforma. Quan la van veure, li van demanar amb gestos que passés.

–Ens anirà de primera assajar amb públic! –es va alegrar la Mei–. I, a més, avui tocarem per primer cop la peça sencera.

–*La balada del funicular miner* –va aclarir la Sara–. És una composició de la Mei.

–Heu dedicat una cançó al funicular? –L'Alda va

somriure tot anant a seure a primera fila. Va pensar que l'Encarnació estaria contenta: valia més que li dediquessin cançons que no que el volguessin escalar.

–No és exactament una cançó –va explicar la Mei, en el mateix moment que en Daniel arribava corrent amb l'acordió–. En tot cas, te l'aniré comentant perquè l'entenguis millor.

Es van disposar els quatre a l'escenari en semicercle, van intercanviar unes mirades i va arrencar la peça. L'acordió, molt feblement, com si vingués de lluny, va començar a insinuar una melodia trista.

–La vall en temps antics. Tot és rural. Música popular i violí de tres cordes. Món natural... –va dir la Mei.

La melodia de l'acordió va anar agafant força i va entrar a joc la bateria, que, sota les mans expertes de la Sara, insinuava el soroll del vent entre els arbres, el cant de l'aigua als torrents, les esquelles del bestiar. L'Alda va tancar els ulls. Va començar el violí –tocat a tres cordes, si havia de fer cas del que deia la Mei– i va afegir el seu cant al de l'acordió, en una cançó harmoniosa subratllada per les notes del baix.

I, de cop, una dissonància de la quarta corda del violí. L'Alda va obrir els ulls, pensant que s'havien equivocat, però no era així.

–Han descobert ferro a les muntanyes. S'excaven les galeries de les mines.

La bateria parlava ara de soroll de pics i pales. La melodia del violí es distorsionava, només l'acordió mantenia la seva línia melòdica, com si conservés l'esperit de la vall.

–Però les mines són massa amunt. Es construeix el funicular miner –va explicar la Mei al mateix temps que deixava el violí al suport i agafava la guitarra elèctrica.

Les dissonàncies van omplir l'escenari. L'acordió callava, però continuava manxant, com si respirés profundament, potser adormit. La guitarra marcava acords enèrgics sostinguda pel baix i la bateria desplegava tota mena de sorolls metàl·lics, que descrivien la col·locació del balast, dels rails, dels reblons... L'Alda va mirar la Sara, admirada del domini que mostrava la noia d'un instrument tan exigent com la bateria.

–I el funicular es converteix en el símbol de la vall. Temps moderns. Indústria.

La guitarra va començar a tocar una melodia, a la qual aviat es va afegir l'acordió. Era com un ball popular, amb un marcat toc modern. Però el més impressionant era el que feien el baix i la bateria, que amb el seu so combinat reproduïen el soroll del motor, el xerric dels rails, els sotracs del cable en passar per les politges...

–Però la vall està mal comunicada. L'explotació del ferro ja no surt a compte. L'època de la mineria i la indústria ha passat, però també ha passat el temps, i aquella època rural del començament tampoc no podrà tornar mai del tot.

Els instruments van descriure el procés a la perfecció. El funicular miner s'aturava amb un cop sec. Tornaven els balls populars, però el violí que sonava era de quatre cordes, i sempre amb una nota de dissonància de fons. La peça va acabar.

L'Alda es va aixecar d'un bot de la cadira, aplaudint amb entusiasme. La peça no havia tingut res a veure amb el que ella s'havia imaginat i escoltar-la havia estat tota una experiència.

Els nois van fer rotllana al seu voltant.

–Què t'ha semblat? De debò... –va preguntar-li la Mei.

I ella no es veia capaç d'expressar tot el que havia sentit en aquells escassos deu minuts.

Perquè no havia estat només la música. Havia estat la passió, l'entusiasme, l'amor dels músics per la seva vall. Havia estat aquell joc de mirades còmplices. La Sara i en Daniel. En Gerard i la Mei. Era evident que estaven enamorats. A la compositora i al baixista, la passió els sortia pels ulls. Va recordar la manera com la mare de la Mei havia volgut localitzar la d'en Gerard, les males mirades que li havia dedicat, i com havia defensat que els alumnes interns no poguessin sortir de l'institut durant la setmana.

Fins on arribava la voluntat d'aquella dona per separar la parella? I quins motius tenia per fer-ho?

Quan l'Alda va sortir de la sala d'actes, els quatre components de Ferrats es van abraçar fent una pinya al centre de l'escenari. L'assaig havia estat un èxit contundent: havien tocat la peça sencera, havien sonat conjuntats com mai i, a sobre, l'entusiasme de la seva professora no podia haver estat més sincer. De cop i volta se sentien imbatibles, i els semblava que cap projecte no se'ls podia resistir.

Van començar a desar els instruments amb la mateixa alegria, xiulant entre dents, entre rialles i comentaris. Quan ja estava gairebé tot a lloc i només tocava enretirar la plataforma amb la bateria, que era propietat de l'institut, fins al fons de l'escenari i recollir un parell de cables, la Sara va clavar un cop de colze dissimulat a en Daniel, i ell li va picar l'ullet.

–Bé, nosaltres hem d'anar passant, després ja parlarem...

I van marxar deixant en Gerard i la Mei sols a la sala.

El noi, sense fer cap comentari, va empènyer la plataforma de la bateria mentre la noia acabava d'enrotllar els cables i anava cap a un lateral de l'escenari per apagar els llums; només va quedar encesa una línia d'il·luminació de sala, que s'apagava des de la porta.

Quan es va girar, es va trobar als braços d'en Gerard, responent als seus petons amb un apassionament que a ella mateixa la va sorprendre, com si la força de l'abraçada pogués deixar enrere tots els dubtes i totes les preguntes que la reacció de la seva mare aquell dimarts terrible havia despertat.

En aquell moment no els importava aquella reacció, ni la possibilitat que algú els pogués enxampar allà, ni totes les bèsties misterioses que poguessin córrer per les muntanyes, ni totes les històries de licantrops i vampirs que omplien la imaginació de la noia i les inquietuds del noi. En aquell moment, la força del seu amor, de la seva passió, del seu desig, podia fer caure totes les barreres i ensorrar tots els obstacles.

Mentre es besaven, les mans d'ell van baixar fins a la cintura d'ella i va començar a aixecar-li el jersei. Potser va dubtar un moment, però la besada de la noia es va fer més intensa i el va animar a continuar. Va acariciar-li l'esquena per sota de la roba, abans de buscar amb mans que li tremolaven la fermesa dels pits.

Aleshores va entreobrir els ulls.

I va fer un pas enrere.

–Què passa? –es va estranyar la Mei.

Es van quedar mirant en la penombra de l'escenari, amb el cor bategant-los tan fort que el sentien a la gola i els ressonava a les orelles. Però en Gerard havia vist alguna cosa. Alguna cosa que ell mateix no era capaç de definir, però que l'havia fet tirar-se enrere.

–Potser... Potser no és el moment.

–Però, què passa? –va insistir ella.

En el fons, la Mei sabia que, per molt que insistís, alguna cosa molt lleu i molt fina s'acabava d'esquinçar entre tots dos. Va sentir ràbia i va sentir pena, però al mateix temps potser va intuir el que havia passat, perquè potser ella també havia vist, en la penombra de l'escenari, alguna cosa que no hauria hagut de veure mai.

–Mei, t'estimo –va dir en Gerard.

Va anar a agafar el baix elèctric i va marxar corrent de la sala d'actes, sense que la Mei pogués endevinar de què fugia.

# 10 *El passat és com l'aigua*

DIUMENGE va ploure tot el matí, però cap al migdia, quan l'Alda va sortir amb el quad cap a la torre de l'Igor, ja havia parat i, tot i que el fred era viu, el sol començava a obrir-se pas entre els núvols.

Estava adolorida, i va haver de conduir a poc a poc pel camí del poble, travessant el pontet del riu, que baixava crescut. Sempre que hi havia un canvi de temps, la cama li recordava la seva presència amb fiblades doloroses, i es notava cada sutura de cada operació com si l'hi acabessin de tatuar sota la pell. No sabia si, amb el temps, aquelles molèsties desapareixerien, però temia que no.

Ella mateixa s'havia sorprès d'haver acceptat la invitació per dinar. Després de la vergonya que havia passat dimecres, la reacció més natural hauria estat fugir i no tornar a veure l'Igor mai més. Però el cas és que tenia ganes de poder parlar una estona amb calma amb aquell home, demanar-li potser consell sobre la bèstia misteriosa de la vall, ja que deia que era un apassionat de la caça major, preguntar-li per aquelles fotografies de la lleixa de la xemeneia. Després de mesos de solitud, després d'haver trencat voluntàriament amb totes les amistats del passat, començava a tenir ganes de construir-se un cercle de relacions: l'Isaïes, l'Encarnació, en Faust, la Maribel...

«O això, o és que ara resulta que m'atreuen els homes que em doblen l'edat», es va dir, sorneguera, quan trucava a la porta del castell del turó.

El dinar va ser molt agradable. La planxa que havia fet l'Alda dimecres havia tingut el curiós efecte secundari de trencar les barreres entre tots dos, i no van trigar ni cinc minuts a tractar-se de tu. L'Alda fins i tot li va demanar, havent dinat, que li ensenyés amb calma el seu viver de guppys, i l'Igor ho va acceptar encantat. I davant els tancs i els aquaris, entre els borbollejos de les bombes d'aire i aigua, l'Alda va sentir néixer un inesperat interès i simpatia per aquells peixets de riu de colors de poc més de tres centímetres de llarg, amb la cua virolada, originaris de l'Amèrica tropical. L'Igor li va explicar tot d'anècdotes sobre aquells animalons, com ara que l'OMS n'havia afavorit la cria i la introducció a tots els rius dels tròpics, perquè ajudaven a combatre les epidèmies provocades per mosquits, ja que se'n menjaven les larves.

A taula, l'Alda va parlar amb entusiasme de la seva feina a l'institut, de com intentava transmetre als alumnes la seva passió per les matemàtiques. Fins i tot li va parlar de Ferrats, de l'assaig del dia anterior, de l'amor d'aquells joves per la música... Va parlar de tot menys del tema que evitava sempre: del passat.

–Sí, a mi també m'agraden molt les matemàtiques –va comentar l'Igor–. M'he passat mitja vida calculant angles i paràboles...

–Això no té a veure amb la caça major, oi?

El rus va somriure. No, no tenia a veure amb la caça. La caça havia estat una passió de maduresa, de quan havia començat a dedicar-se als negocis i havia pensat que necessitava posar una mica d'emoció a la vida. Els seus trofeus d'aleshores s'havien quedat a la seva casa de Moscou, a la qual probablement mai no tornaria, tot i que havia portat fins a Tamasca unes quantes armes d'aquella època i un munt de records. Però no les havia tornat a fer servir: els isards, s'estimava més veure'ls saltar entre les roques des de la finestra, i caçar el senglar implicava anar amb grups de molta gent, i ell no tenia, si més no de moment, gaires ganes de fer noves amistats.

–Si no són persones molt escollides –va concloure–. Com una misteriosa professora de matemàtiques, o com aquell amic teu veterinari, que sembla un home força interessant. Confio que un dia me'l presentaràs.

L'Alda va recolzar la barbeta al dors de la mà i el va mirar fixament.

–Misteriosa? Per què sóc misteriosa?

–Ja t'ho vaig dir dimecres: ets valenta i vols protegir costi el que costi els teus alumnes de qualsevol perill real o imaginari, tot i que no hi tens cap obligació i, segons com es miri, cap motiu. Això vol dir que també ets generosa. Vull dir, i no t'ofenguis, que em sembla que jo, en el teu lloc, ja en tindria prou amb mi mateix i els meus problemes, que segurament seria molt egoista si fos... –I llavors es va interrompre.

–Si tinguessis una cama com la meva? –es va avançar ella–. No diguis la paraula –va demanar-li–. Digue'm coixa. O mutilada, si vols: no em sona malament. Però res d'eufemismes elegants. I no hi ha cap misteri: els de l'escola són la meva gent i els vull protegir. Ho he de fer.

L'Alda es va adonar immediatament que aquella darrera frase la posava en una posició difícil. Era natural que l'Igor li preguntés ara per què ho havia de fer, i fins i tot que es demanés –encara que no ho arribés a dir de paraula– si aquelles ganes de protegir li venien potser de no haver protegit prou algú en el passat. Va optar per canviar de tema bruscament, fins i tot corrent el risc de cometre una indiscreció:

–I, tornant a la caça... Entre la caça major també hi comptes els T-62?

L'Igor, però, no tenia motius per molestar-se: quan un vol amagar el passat no deixa les fotos d'aquest passat a la lleixa de la llar de foc.

–Estàs plena de sorpreses, Alda! –va riure ell–. Els T-62! No «els tancs», ni «els blindats», sinó «els T-62»!

–Em va cridar l'atenció la foto. Potser m'he equivocat. –I la frase tenia doble sentit, perquè tant es disculpava per haver-se equivocat de model de tanc com per haver-se equivocat de tema. Stefanov li va deixar clar, però, que no havia estat així.

–Sí, és un T-62. L'últim hereu de l'immortal T-34. El de la foto és de la sèrie M, que és el que es va construir amb protecció especial contra els RPG. I el paio de la torreta és el tinent de blindats Igor Mikhailovitx Stefanov, del regiment Berlín. Saps de quan és la foto?

–Sembles molt jove...

–Any 1983. Invasió de l'Afganistan. Deu anys de guerra que van guanyar els mujahidins, perquè coneixien com ningú aquelles muntanyes. Mal lloc, l'Afganistan, Alda. Mal lloc per als que el volen envair, vull dir. Has llegit Kipling?

–*El llibre de les terres verges*?

L'Igor va negar amb el cap:

–*El jove soldat britànic*. És un poema que diuen que va escriure després de la batalla de Maiwand.

I, amb to solemne i un anglès de pronunciació impecable, va recitar:

*When you're wounded and left on Afghanistan's plains,*
*And the women come out to cut up what remains,*
*Jest roll to your rifle and blow out your brains*
*An' go to your Gawd like a soldier.*

Va sospirar i la seva mirada va desviar-se cap a la fotografia de la lleixa de la xemeneia.

–I després dels anglesos, els soviètics i l'OTAN no han fet res més que repetir la història –va concloure.

–Vas ser militar molt de temps?

–Vaig arribar a tinent coronel a Txetxènia. I aleshores... Bé, em vaig adonar que m'havia passat la vida anant a casa dels altres a dir-los com havien de viure, com si jo ho tingués clar, com si el meu món no hagués canviat, com si el món no hagués canviat en tots aquells anys.

Aleshores ho havia deixat tot. A l'Alda li va estranyar que li parlés amb tanta franquesa d'una cosa tan íntima com és un canvi radical de vida, però va pensar que probablement era una de les poques vegades que podia fer-ho amb tranquil·litat. S'havia dedicat als negocis, havia fet molts diners, però no havia trobat res que el satisfés. Per això havia acabat vivint retirat a l'altra punta d'Europa, controlant des de la distància les empreses que encara conservava.

–Ja et vaig dir que sóc un home d'una altra època, Alda. Potser he estat un gran negociant a la Rússia de Putin, però mai no he deixat de ser del tot un oficial soviètic.

I l'Alda va pensar per un moment, només per un

moment, que potser a aquell home sí que podria explicar-li un dia la seva pròpia història. Perquè el passat és com l'aigua, que sempre torna al lloc per on corria.

Per a la Mei i en Gerard, aquell diumenge va ser un dia tan llarg com desagradable.

Cap dels dos no entenia què havia passat exactament a la sala d'actes de l'institut, i cadascun feia les pitjors hipòtesis i veia en perill aquella relació que tot just acabava de néixer. El seu amor, tot i que tots dos es resistien encara a fer servir una paraula tan tremenda.

En Gerard, mirant per la finestra de l'habitació de casa, al veïnat de Behiberri, les boires matinals que es fonien a la vall, no podia deixar de preguntar-se què li havia passat. Tenia entre els braços la noia que més li havia agradat mai, i ella corresponia a aquella atracció. S'estaven besant i acariciant, estaven sols. I, de cop i volta...

No ho entenia. Havia estat el record de la manera com l'havia mirat la mare de la Mei aquell dimarts? Havien estat les seves absurdes pors i fantasies sobre licantrops i bèsties assassines que podien rondar la vall les nits de lluna plena?

Cap explicació no era capaç de dir-li per què havia fugit.

La Mei, mentrestant, plorava en silenci a la seva habitació, sota el pòster de la donzella guerrera i el drac. Tampoc ella no entenia què havia passat. No estava enfadada ni frustrada, només trista. Era possible que el noi la rebutgés pel que havia passat amb la seva mare? Li costava de creure d'algú com en Gerard, sempre tan sincer i tan directe. Ho havia explicat tot a la

Sara, per telèfon, i l'amiga tampoc no havia estat capaç de donar-li cap explicació.

Havent dinat es va obligar a sortir una estona al carrer. Al pontet del riu, mirant el corrent que baixava embravit per les pluges, hi havia l'Agneta de la Codina, que la va saludar en passar.

I la Mei, sense saber del tot per què ho feia, es va aturar en sec i l'hi va explicar tot. Tenia l'esperança que la vella trementinaire li pogués oferir alguna explicació sobre el comportament de la seva mare. Pel que feia al comportament d'en Gerard, no ho veia tan clar. Però, com tants cops a la vida, el que va passar va ser just al contrari.

–No entenc què li va agafar, a la teva mare. En Gerard és de can Xets de Behiberri, i entre ells i els de can Pots mai no hi ha hagut ni tractes, ni raons, ni negocis. La teva mare i la d'ell no crec ni que es coneguin. I això que et va dir que s'assemblava a algú... No se m'acut a qui es pot assemblar, nena. El que sí que em sembla és que tens una conversa pendent amb la teva mare.

–Això ja ho sé fa temps... –L'Agneta no li havia resolt res i, a sobre, la Mei tenia la sensació que esquivava les seves preguntes.

–I pel que fa al teu noi, jo no m'amoïnaria. De vegades, quan són tan joves, acaben les coses abans de començar-les i després fugen corrent perquè els fa vergonya. No et posis pedres al fetge.

–Creus que és tan senzill, Agneta? –va preguntar la noia, esperançada.

–Segur que sí, nena, segur que sí. El que no és tan senzill és saber per què la teva mare creu que aquest noi no et convé. O, si el que m'has explicat és exacte, per què li té por, si era el primer cop que el veia.

# 11 *Retoc fotogràfic*

A L'INSTITUT DE TAMASCA, dilluns va ser un matí estrany i gris, i no només pels núvols que tornaven a tapar el cel ni pel fred que venia dels vessants de les muntanyes. Les classes de tercer van estar marcades per l'actitud incomprensible d'en Gerard i la Mei, que aquell mateix divendres s'havien comportat davant de tothom com una parella i ara s'ignoraven de manera ostensible, però no com si s'haguessin barallat, sinó com si estiguessin avergonyits d'alguna cosa i no s'atrevissin a mirar l'altre a la cara. Només la Sara sabia el que havia passat, tot i que no ho entenia, i no tenia ni idea de què podia fer per ajudar-los.

Quan van acabar les classes i els alumnes interns van anar cap a la cantina per dinar mentre tots els altres començaven a agrupar-se per anar en bloc cap al poble, supervisats per en Mingo, en Daniel va aturar en Gerard en un passadís buit.

–Es pot saber què us passa, a vosaltres dos?

En Gerard va deixar anar un sospir. Havia estat esperant i tement aquell moment alhora.

–Dissabte, després de l'assaig...

–Sí, això ja m'ho imagino. Precisament per això us vam deixar sols, la Sara i jo. O és que et pensaves que ens va agafar pressa així de cop?

–Va passar una cosa molt estranya, Daniel –va acabar en Gerard.

I l'hi va explicar ràpidament, d'una tirada.

En Daniel es va quedar bocabadat, però en Gerard va veure de seguida que en la seva mirada no hi havia estranyesa, sinó la més pura indignació:

–Gerard, tio, però tu de què vas? Com és que t'has tirat enrere d'aquesta manera? Te la jugues, t'arrisques que l'Enka o algú altre us enxampi enrotllant-vos a la sala d'actes i munti un pollastre de ca l'ample, i després no se t'acut res de millor que fugir? I encara t'estranya que la Mei estigui emprenyada? Has pensat com es deu sentir ella?

–Però jo... –va intentar excusar-se feblement en Gerard–. De cop em va semblar... –Però no va acabar la frase, en part per la fúria d'en Daniel, però en part també perquè no tenia clar què era el que li havia semblat.

–Gerard, no em tornis a sortir amb les teves burrades de licantrops –va dir gairebé cridant en Daniel–. Què passa? Que potser li vas trobar massa pèl i et vas acollonir?

–Daniel, sisplau, no siguis groller!

Però en Daniel anava embalat:

–Groller? Groller és el que has fet tu! Petonejar una noia, il·lusionar-la, grapejar-la i, de cop, sense explicacions, deixar-la plantada: això sí que és groller!

I va marxar pel passadís renegant entre dents i sense mirar enrere ni un sol cop.

Aquell migdia van dinar en taules separades, davant la sorpresa de l'Antònia.

També al menjador, quan l'Alda estava acabant de dinar, compartint taula amb l'Encarnació i en Faust, va sonar-li el mòbil. Era l'Isaïes.

–Alda? Pots venir a casa?

El to del veterinari era d'una preocupació tan gran, que va espantar-la.

–Passa alguna cosa?

–Tens l'Encarnació per aquí a prop? –El veterinari va ignorar la seva pregunta.

–Aquí mateix. Vols que te la passi?

–No. Vull que vingueu totes dues. Volant. Ja sé com va morir el gos de la Sara.

Havent dinat, en Gerard va pujar a la seva habitació. Se sentia trist i derrotat, amb ganes de plorar i de fugir. No estava enfadat amb en Daniel per l'esbroncada que li havia clavat. Al contrari: el seu amic no li havia dit res que ell mateix no s'hagués dit un i mil cops des de dissabte. Tenia tota la raó. No hi havia cap excusa per al que havia fet.

Però tampoc no hi havia cap explicació.

Va seure a la taula de treball i, d'esma, va engegar l'ordinador. Va passejar la mirada per les fotografies que tenia penjades a la paret, fins que es va aturar en una vista general del funicular miner.

El funicular miner. La balada...

Va despenjar la fotografia i la va deixar damunt la taula. Coneixia bé el funicular. En tenia al cap totes les dades. Mil quatre-cents metres de recorregut. Cinc-cents metres de desnivell. Un tram que superava el 100 % de pendent.

Va somriure pensant que, fins no feia gaire, no podia

entendre que un pendent pogués tenir més del 100 %, fins que la professora de matemàtiques que havia tingut abans de l'Alda li havia explicat que el percentatge d'un pendent no expressa un angle, sinó una proporció, i que un pendent del 100 % seria aquell en què la distància recorreguda en horitzontal fos la mateixa que la recorreguda en vertical, i això donava un angle de 45 graus, no de 90.

Matemàtiques a part, el funicular era impressionant, i en Gerard podia comprendre, aquella tarda millor que mai, que tants joves de la vall haguessin desafiat perills i prohibicions per escalar-lo. Era una manera de reptar el món. De sentir-se viu quan la vida només semblava una línia de fosca que corria cap a l'abisme.

Com aleshores.

Va treure una lupa d'un calaix de l'escriptori. La fotografia tenia una resolució molt alta, i era fàcil veure'n els detalls. Amb un retolador de punta fina va anar marcant els punts del recorregut. L'estació inferior. Els primers pendents. El primer pont sobre la carretera. El segon pont, just en el punt d'encreuament dels dos vagons. El tram que es perdia entre les roques. El petit túnel i el punt de màxim pendent, que els joves de l'època del seu pare anomenaven el Pas de les Pilotes, no calia endevinar per què. L'estació superior.

Una aventura per sentir-se viu. Una aventura per arriscar la vida.

Va brandar el cap i, deixant de banda la fotografia, amb la lupa i el retolador al damunt, es va girar cap a l'ordinador.

Va obrir la carpeta de les fotografies i va buscar les d'aquell assaig de Ferrats a casa de la Sara. Abans de començar havia fet un parell de primers plans de la Mei amb el violí. Tan bonica. Tan llunyana.

La necessitava tant!

La cara de la Mei ocupava ara la totalitat de la pantalla. Llàstima dels cabells. Segur que sense aquell pentinat seria encara més bonica. Segur que sense aquell pentinat no li imposaria tant.

Cantussejant entre dents, va tancar l'arxiu al visor de fotografies i el va tornar a obrir amb el seu programa de retoc fotogràfic. Havia utilitzat aquell programa un munt de vegades per distorsionar fotos, per fer caricatures, per obtenir imatges de fantasia...

Ara, com en un joc, es preguntava com quedaria la Mei sense aquell pentinat manga. Com quedaria... –I, mentre pensava, feia volar el cursor per la imatge, definint capes, delimitant àrees.– Com quedaria, per exemple, amb els cabells llargs... No, millor curts. Els cabells negres ben curts, i el pentinat...

–No!

Se li havia escapat l'exclamació en veure la imatge que tenia a la pantalla. Hi va voler fer encara un parell de retocs, amb les mans que li tremolaven al damunt del ratolí.

Tot feia voltes. Li va fugir el color de la cara i va mirar la imatge que apareixia ara a la pantalla.

Perquè aquella imatge ho explicava tot. Absolutament tot.

Era espantós.

Cap història de bèsties assassines i licantrops no podia ser tan espantosa.

Sentint que tot el seu món s'ensorrava, va abandonar l'habitació i va sortir corrent pel passadís.

L'Alda i l'Encarnació van arribar en menys de cinc minuts a casa de l'Isaac, que era a l'altra banda del poble, a prop del pontet del riu. Als baixos de la casa hi havia el consultori veterinari, i la professora de matemàtiques no va poder evitar de pensar immediatament en les circumstàncies sinistres de l'últim cop que hi havia estat.

Havien fet el trajecte amb el cotxe de l'Encarnació, ja que aquesta s'havia negat en rodó a omplir-se de fang anant de paquet al quad de l'Alda. En tot el breu trajecte no van dir ni una sola frase: totes dues estaven dominades per la tensió, el nerviosisme i la pressa que els havia transmès el to de veu del veterinari per telèfon.

L'Isaïes els va obrir la porta tan de pressa que van pensar que segurament les estava esperant al rebedor. La seva expressió era un estira-i-arronsa entre la preocupació pel que havia descobert i la satisfacció pel fet d'haver-ho descobert.

–Al final, la pluja ha estat el que ens ha ajudat –els va dir, mentre les feia passar al menjador de la casa, un espai sobri i fred, amb mobles de kit i butaques d'escai, que semblava d'allò més adient per a un home que, a més de viure sol, passava la major part del temps fora de casa–. Un pagès ha trobat empremtes a la vora del riu i ha tingut el sentit comú de fotografiar-les amb el mòbil.

Els va assenyalar l'ordinador portàtil que hi havia damunt la taula. Tota la pantalla estava ocupada per la fotografia d'una empremta clarament impresa en un terreny fangós. Era la marca d'una urpa amb un palmell rodó i quatre dits. Al costat havien posat un paquet de tabac perquè se'n pogués apreciar la mida, i era precisament la mida el que mostrava que, malgrat l'aspecte, no era de gat.

–He enviat la fotografia a uns quants col·legues, i he descrit els atacs a un veterinari del zoològic que vaig conèixer fa un temps en uns cursos. Ningú no ha tingut cap mena de dubte.

–Doncs deixa-ho anar ja –es va impacientar l'Encarnació–. Què és el que tenim rondant per la vall de Tamasca? Algun tipus de linx o de gat mesquer anormalment gros?

–No, Enka: un lleopard.

# 12 *Família*

EN GERARD va córrer per passadissos buits, amagant-se a les cantonades cada cop que sentia qualsevol soroll. Va baixar per una estreta escala de servei que ningú no agafava mai i va sortir de l'edifici de la Casa per una petita porta posterior que els alumnes havien descobert ja feia temps que, malgrat l'aspecte de poterna de fortalesa que tenia, es podia obrir des de dins amb facilitat.

Un cop va ser al pati, va córrer enganxat a la paret de l'edifici fins al grup d'arbres més proper, i des d'allà, en línia recta cap al mur que envoltava el recinte i, més concretament, cap al punt en què les branques baixes d'un enorme castanyer permetien, enfilant-s'hi, de passar a l'altra banda sense massa problemes.

Un cop fora de l'institut va prendre consciència, potser per primera vegada, del que estava a punt de fer. Però ja no li importaven les conseqüències: l'enormitat del que havia descobert li feia sentir que el món, tot al seu voltant, desapareixia i es liquava com les ombres d'un malson.

En el silenci espès que havia caigut damunt el menjador, es va sentir un rellotge que tocava els quarts.

L'Encarnació va ser la primera a reaccionar:

–Però, Isaïes, per Déu... Què fa un lleopard a la vall de Tamasca?

–Això no ho sé. No en tinc ni idea. Ja arribarà el moment de descobrir-ho. Però, si hi penses, tot encaixa a la perfecció. El lleopard ataca tot tipus de preses, tant si són grans com petites. Potser ha estat matant conills i ocells i només de tant en tant ha atacat animals més grossos.

–Com la teva vaca estressada... –va aventurar l'Alda.

–Aquella vaca es va trobar amb ell i potser fins i tot el va fer fugir –va especular el veterinari–. Després van venir les gallines i aquell pobre gos...

–I per què era dalt de l'arbre? I esbudellat? Jo creia que els felins es tiraven al coll –va preguntar l'Encarnació.

–Els lleopards sempre pugen les seves preses als arbres, perquè els lleons i les hienes, que són més grans que ells, no les hi prenguin. Un lleopard pot enfilar a un arbre una presa que pesi molt més que ell. Pujar-hi el mastí no devia ser cap problema. Pel que fa a la manera de matar... –va mirar preocupat l'Encarnació, com demanant-li permís per continuar.

–Si no m'he desmaiat encara, em sembla que ja no ho faré –va dir la directora, greu–. Com maten aquestes bèsties?

En les recerques que havia dut a terme, a un ritme febril, al llarg de les darreres hores, l'Isaïes s'havia posat en contacte, a través del Col·legi de Veterinaris, amb un metge de Medicus Mundi que treballava en un hospital d'una zona rural de Kenya. Gràcies a ell havia sabut que el lleopard ataca al coll, però que al mateix temps escomet amb les urpes el pit de la presa, gratant, burxant, com si hi excavés. El metge li havia explicat que, quan els arribava alguna persona ferida per l'atac d'un lleó, moltes vegades la podien salvar. Les víctimes de l'atac d'un lleopard, en canvi, no sobrevivien.

–Què hem de fer, doncs?

–Jo, avisar una pila de gent –va respondre l'Isaïes–. Ajuntament, policia, forestals... Segurament s'organitzaran batudes. I, mentrestant, caldrà que la gent vagi amb compte. Ara, almenys, ja no hi ha misteris: sabem a què ens enfrontem.

No havia passat gaire estona des del dinar, i en Daniel no havia parat ni un moment de fer voltes amunt i avall a la seva habitació, sense poder-se concentrar en res. Tenia deures de matemàtiques i d'història, però havia estat incapaç de posar-s'hi: la conversa amb en Gerard li tornava sense parar a la memòria.

Havia estat molt dur amb el seu amic. Amb raó, és clar: el que havia fet a la Mei era injustificable. Però en Gerard estava fet un embolic, segurament estava penedit, i devia fer-li més falta algú que li donés suport que no algú que l'esbronqués encara més del que ja es devia estar esbroncant ell mateix.

Havia d'anar a parlar amb ell. No podia fallar-li.

Va sortir al passadís i va caminar amb calma cap a l'habitació del seu amic. Ara que s'havia decidit, se sentia molt tranquil, i estava convençut que al cap de pocs minuts s'estarien rient de tot plegat.

El passadís estava desert i en silenci, i en Daniel va recordar la por que li havien arribat a fer les seves raconades fosques, els seus omnipresents corrents d'aire, quan era petit.

Aviat va ser davant la porta. Ja aixecava la mà per trucar quan va descobrir que no estava tancada.

Va fer un truc ràpid i va entrar-hi.

L'habitació era buida i la cadira de l'escriptori havia caigut a terra, semblava com si el seu amic s'hagués tirat bruscament enrere i hagués sortit sense tancar la porta. Damunt la taula hi havia una fotografia, una lupa i un retolador. L'ordinador estava engegat, i a la pantalla hi havia una fotografia oberta amb el programa de retoc fotogràfic.

–Però, què ha passat aquí? –va remugar.

Va treure el cap al passadís i va mirar amunt i avall. No hi havia ni rastre d'en Gerard.

Va tornar a entrar a l'habitació i es va acostar a la taula. La fotografia en paper era una vista general del funicular miner que en Gerard havia tingut sempre penjada a la paret. Però havia estat estudiant-la amb la lupa, i marcant amb un retolador de punta fina els diferents trams del recorregut, i allò només podia voler dir una cosa.

–Vol escalar el funicular miner? Però, s'ha tornat boig, o què? Què vol, impressionar la Mei? Però si el que ha de fer no és impressionar-la, sinó...

I aleshores es va fixar en la foto que ocupava la pantalla de l'ordinador. D'entrada, a primer cop d'ull, no havia reconegut la persona que hi sortia. Ara que la mirava més atentament, però, va veure que havia estat feta al cobert de casa de la Sara, segurament aquell darrer dia d'assaig que també havia estat l'últim dia de vida d'en Truk. I la foto havia de ser de la Mei, perquè estava tocant el violí.

–Però, per què ha hagut de manipular-la d'aquesta manera? És ridícul! Que s'ha tornat boig o què?

Va mirar la foto de més a prop. Va moure el ratolí fins a posar-lo damunt el botó de *desfer* per fer aparèixer una llista de les últimes accions.

I va veure que s'havia equivocat.

En Gerard no havia manipulat la foto com ell havia pensat que ho havia fet. Allà no hi havia cap imatge enganxada, cap superposició. Pel que semblava, només havia fet desaparèixer el pentinat estrafolari de la noia i l'havia substituït per uns cabells curts trets de la mateixa galeria de recursos del programa. Aquell era, doncs, l'aspecte que tindria la Mei sense aquell pentinat. L'aspecte autèntic de la Mei sense que aquell cap mig afaitat i aquell serrell gegantí desviessin l'atenció i impedissin fixar-se en detalls que potser només eren perceptibles de prop, de molt a prop, de tan a prop com hi estaria un noi que l'estigués besant i obrís de cop els ulls.

En Daniel va fer una passa enrere i gairebé va ensopegar amb la cadira caiguda.

–Déu meu...

Ara entenia per què havia fugit en Gerard. Per què havia fugit dissabte i per què acabava de fugir feia una estona, arrossegat en la seva desesperació cap al funicular miner.

En Gerard es va amagar entre els arbustos de la vora del camí quan va sentir un motor que s'acostava. Des del seu amagatall va reconèixer el cotxe de la directora, que tornava a tota velocitat cap a l'escola. Es va preguntar per què tenia tanta pressa, però de seguida va oblidar la pregunta, centrat com estava en el seu objectiu.

A l'altra banda del camí arrencava el sender mig esborrat per les herbes que duia fins a l'estació baixa del funicular miner.

L'Alda i l'Encarnació van baixar del cotxe compartint un sentiment estrany: es trobaven al mateix temps preocupades i alleujades. Estaven preocupades, és clar, per la gravetat del que l'Isaïes havia descobert i pel perill potencial que s'amagava a la rodalia del poble. Però també se sentien alleujades perquè l'institut ja havia pres totes les mesures que tenien a l'abast per garantir la seguretat dels alumnes. Ara, les decisions que s'haguessin de prendre ja no depenien d'elles: el problema havia adquirit de cop una dimensió que les superava, i eren uns altres els que havien d'actuar.

Aquest alleujament, però, va durar ben poc. Perquè tot just quan entraven per la porta principal de la Casa van veure com un alumne baixava corrent l'escala i es precipitava cap a elles.

–Enka! Alda! Veniu, de pressa!

Era en Daniel, de tercer, un noi habitualment tranquil i respectuós, i tan estrany van trobar que corregués d'aquella manera com que hagués anomenat la directora pel malnom.

–A l'habitació d'en Gerard! Ha marxat!

–Com, que ha marxat? A on? Que no estava prohibit que...? –va dir l'Encarnació, indignada.

En Daniel, però, no la va deixar ni acabar la frase:

–Em sembla que ha anat a escalar el funicular miner. Però heu de venir a l'habitació!

El to del noi era tan urgent, semblava tan amoïnat,

que l'Encarnació va fer el gest de seguir-lo i va llançar una ràpida mirada a l'Alda.

–Corre amb ell, que jo ja vaig pujant –la va animar la professora de matemàtiques.

Quan l'Alda va acabar de pujar l'escala i va arribar a l'habitació d'en Gerard, va trobar l'Encarnació examinant molt seriosa la fotografia del funicular amb les anotacions amb retolador.

–És evident que ha estat preparant l'escalada –va dir-li sense més preàmbuls.

–Però el pitjor és la foto que tenia oberta a l'ordinador, amb el programa que fa servir per fer trucatges. –Impacient, en Daniel va agafar l'Alda pel canell i la va arrossegar cap a la taula.– Saps que en Gerard i la Mei estaven enrotllats?

–No calia ser un geni per deduir-ho. –L'Alda gairebé va somriure. Va mirar la pantalla d'ordinador i va arronsar les espatlles.– Què té d'estrany aquesta foto?

–Com que què té d'estrany! –es va exclamar en Daniel–. Que no la reconeixes? És la Mei! Amb el programa de retocs li ha canviat el pentinat per uns cabells curts i llisos.

Instantàniament, a l'Alda se li va escapar una exclamació, gairebé un xisclet.

–Què significa, això?

L'Encarnació es va girar cap a ella. Estava pàl·lida.

–Significa, Alda, que en Gerard ha vist el mateix que hem vist nosaltres tres, i que, pel que sembla, no sabia ningú. Significa que allà a fora tenim un adolescent desesperat que vol escalar el funicular miner segurament pensant que això l'ajudarà a descarregar la pena i la ràbia. I, com si això no fos prou perillós, resulta que farà aquesta escalada en una zona on hi ha hagut atacs de lleopard.

Ara li va tocar a en Daniel de quedar-se bocabadat.

–Atacs de...? –va balbucejar.

–Ja t'ho explicarem –va dir l'Encarnació per fer-lo callar–. Hem d'atrapar el noi abans que es faci fosc... –Va assenyalar la finestra, amb el sol de la tarda que ja no trigaria gaire a amagar-se rere les muntanyes. No podien perdre ni un moment, però s'adonava que no sabia què fer.– Alda... –No va acabar la frase, però va sonar com una súplica.

L'Alda, però, ja tenia clar un pla d'acció.

–Necessito un mapa topogràfic de la vall –va dir a en Daniel.

–Un mapa d'excursionisme? En tinc un a l'habitació.

–Ara me'l donaràs. Escolteu: jo vaig a veure l'Igor Mikhailovitx... Vull dir, el rus que viu al castell del turó –va aclarir–. Aniré amb ell al funicular i aturarem el noi, baixant des de l'estació alta. Encarnació, tu avisa en Mingo: que faci totes les trucades que hagi de fer, que mobilitzi tothom que hagi de mobilitzar i que miri de tenir els alumnes controlats. Que comenci trucant a l'Isaïes. I a la mare d'en Gerard, és clar.

–I què faig després?

L'Alda va agafar la directora per l'espatlla, afectuosament.

–El més delicat de tot: agafes en Daniel, aneu directes a la botiga d'herbes de la plaça i feu que la Mei i la seva mare us expliquin què vol dir aquesta foto. Agafeu l'ordinador perquè quedi ben clar de què esteu parlant. Quan l'Igor i jo portem en Gerard aquí, vull que se li pugui explicar molt bé el que ha passat. Entesos?

L'Encarnació i en Daniel van assentir i l'Alda va anar cap a la porta. Quan ja sortia, el noi li va dir:

–Jo trobo que el més delicat és el que faràs tu...

–No, Daniel: el que faré jo no tindrà res de delicat. De perillós sí, però de delicat, res.

I va marxar pel passadís gairebé corrent, arrossegant la cama malalta.

L'estació baixa del funicular miner era un espai sinistre i desagradable, que la majoria de la gent evitava. La línia recta de la via descendent anava a morir a un edifici allargat i en estat ruïnós, que semblava que s'hagués d'ensorrar en qualsevol moment. A l'interior, al capdavall de la via, hi havia un dels vagons, menjat pel rovell, abandonat a una descomposició lenta. Al costat, una plataforma amb una grua, uns contenidors i uns dipòsits de mineral es perdien en la mateixa decadència, entre males herbes que el fred de l'hivern aviat mataria.

Va anar cap a la via i va començar a pujar-la.

Igor Stefanov es va sorprendre molt quan l'Alda va trucar frenèticament a la seva porta a primera hora de la tarda. Però la seva sorpresa va ser encara més gran quan va obrir la porta i el quad va enfilar a tota velocitat el camí, va derrapar per aturar-se al peu de l'escalinata i la noia va saltar a terra, aparentment sense fer cas de la seva cama.

Va comprendre immediatament que havia passat alguna cosa molt greu, i va anar corrents a trobar-la.

–Un lleopard! –va ser la salutació de l'Alda.

L'Igor es va aturar un moment, només un moment.

–Això explica per què el gos era dalt de l'arbre –va dir–. Ho vaig pensar, però em semblava un disbarat tan gros, que no em vaig atrevir a dir-t'ho. I què més ha passat?

L'Alda es va recolzar al manillar del quad, evitant de posar massa el peu dret a terra, li va explicar ràpidament la fugida d'en Gerard i li va demanar ajuda.

Per sort, el rus era un home de reaccions ràpides.

–Entra a casa. Em canvio en un moment i anem.

En només uns minuts, l'Igor va tornar a la saleta vestit amb roba de camuflatge com la que fan servir els caçadors, i calçat amb unes sòlides botes. Va trobar que l'Alda havia desplegat damunt la taula el mapa de la vall.

–Vine, Alda. Després ja mirarem el mapa.

La va precedir fins a una petita habitació que mig feia de traster. En un racó hi havia un armari metàl·lic tancat amb clau, dels que es fan servir per desar-hi les armes de caça.

–No et preguntaré cap bestiesa com ara si tens permís de caça, però no tinc altre remei que preguntar-te si et fa por agafar això –va dir mentre obria l'armari.

A l'interior hi havia tres armes recolzades en un suport. L'Alda va allargar la mà per agafar-ne una. La seguretat del gest va desconcertar una mica l'Igor.

–No és la primera vegada que n'agafes una. No m'havies dit que caçaves.

–No caço –va negar ella–. Això és una carrabina semiautomàtica SKS. –Va observar-la de més a prop.– Fabricació soviètica. –Va mirar fixament l'Igor, com si estigués passant un examen o com si, senzillament, volgués deixar molt clar que sabia de què parlava.– Va ser un dels estàndards de l'exèrcit roig, però l'èxit del Kalàixnikov AK-47 la va anar arraconant. Actualment s'utilitza molt com a arma de caça major, tant les originals com les versions que fabriquen a Sèrbia, que ja són específicament de caça.

–Aquestes són soviètiques. Tenen uns quants anys, però són molt fiables –va explicar l'Igor, amb un somriure–. Estic descobrint que ets tota una estudiosa de les armes...

L'Alda va negar amb el cap, molt seriosa i concentrada. Va fer anar el forrellat de l'arma unes quantes vegades amb força, per comprovar que feia soroll i que, per tant, no hi havia greix entre el forrellat i el percussor, i va allargar la mà per demanar la munició. Quan l'Igor la va veure carregar la carrabina encaixant-hi el carregador de pinta de deu cartutxos amb un moviment sec i segur, abans de penjar-se-la a l'espatlla, va comprendre que els seus coneixements no eren només teòrics.

–Alda –va dir-li quan van tornar al salonet i ella es va disposar a explicar-li el seu pla sobre el mapa–, tu tens de professora de matemàtiques el que jo de popa ortodox.

I ella va riure, maliciosa, abans de prometre-li:

–Si tot va bé, avui mateix ho sabràs tot. Ja començo a necessitar explicar-ho a algú.

Els primers pendents ja eren forts: un funicular no coneix les pujades graduals, sinó que s'enfila en la més estricta línia recta per la muntanya. Calia caminar seguint la via, com qui puja una escala, utilitzant les travesses com si fossin graons, però sense perdre de vista que l'abandonament podia fer que no fossin segures. Es va obligar a si mateix a reduir el ritme: l'ascensió seria llarga, i havia de reservar forces per als últims pendents.

Abans d'agafar el cotxe per anar cap al poble, l'Encarnació va telefonar a la Tina per avisar-la que havia de parlar amb ella molt urgentment i que la Mei hi havia de ser present. Es va afanyar a aclarir que el motiu no era res de tipus disciplinari, res de dolent que hagués fet la seva filla, sinó que les havia de consultar totes dues sobre un tema que havia sorgit a l'institut.

Quan va penjar, es va adonar que li tremolaven les mans. Potser estava forçant massa les coses. Al darrere de tot allò hi havia d'haver per força una història terrible. Però potser la crisi provocada per la fugida d'en Gerard ajudaria a tancar velles ferides.

Al cotxe, en el curt trajecte fins al poble, va explicar a en Daniel el que els havia dit el veterinari. Quan va veure com el noi empal·lidia i dirigia la mirada cap al funicular miner, va pregar interiorment perquè l'Alda sabés realment el que feia.

Arribar al pont de Behiberri li va fer prendre consciència, per primera vegada, dels perills de l'ascensió i de com era d'absurd haver-la iniciat. El pont passava per damunt la carretera a molta alçada i no tenia baranes als costats. El vent del vessant el fuetejava amb força i li feia l'efecte que la poca grava que quedava al balast li havia de relliscar sota els peus en qualsevol moment.

Es va ajupir i va continuar avançant de quatre grapes. Era ridícul, però se sentia incapaç de travessar el pont a peu dret.

A mig camí va sentir el xiulet del vent entre les arcades de maons i es va preguntar si el pont era segur, si l'abandonament no l'havia afeblit i no l'havia deixat a un pas d'ensorrar-se, com la mateixa estació que havia deixat enrere. Aquella idea gairebé el va paralitzar i va estar a punt d'obligar-lo a estirar-se sobre la via.

Quin sentit tenia el que estava fent? Escalar el funicular potser el faria sentir millor? Canviaria res del que havia vist en aquella fotografia retocada?

La Mei va omplir els seus pensaments i es va posar a plorar.

Aleshores va sentir el soroll llunyà d'un motor i va pensar que si algú passava per la carretera era gairebé inevitable que el veiés allà a dalt. Aquella por el va esperonar i va acabar de passar el pont ben de pressa.

Amb l'Igor assegut al darrere, orientant-la amb l'ajut del plànol, l'Alda va conduir el quad muntanya amunt, per la carretera de Behiberri, després d'haver fet una mica de marrada per no haver de passar pel centre del poble. Havien calculat que, amb el temps d'avantatge que els duia, en Gerard per força havia començat ja l'ascensió i que seguir-lo seria inútil. Havien decidit, per tant, anar-lo a esperar a l'estació alta del funicular. Des d'allà, si no el veien, l'Igor podria baixar per la via a buscar-lo mentre l'Alda els cobria des de dalt.

–Creus probable que ens ataqui? –va preguntar ella, intentant fer-se sentir per sobre del soroll del motor i els embats del vent.

–Ataquen quan es veuen acorralats o amenaçats –va explicar l'Igor–. I nosaltres no tenim pinta de preses. Una altra cosa seria que el noi o jo caiguéssim i ens féssim mal durant l'escalada. Això ens convertiria en presa fàcil immediatament. Per això et vull a dalt cobrint-me!

La via del funicular travessava dos cops la carretera de Behiberri. La primera ho feia per un pont molt elevat de tres arcades, completament inaccessible des del fons de l'engorjat per on corria la carretera. La segona vegada era la carretera la que passava per dalt d'un pontet, deixant als seus peus el canvi d'agulles on s'encreuaven el vagó ascendent i el descendent. A partir d'allà, la carretera se separava definitivament de la via, i el funicular passava per dins un túnel a l'altra banda del qual començava la part més costeruda de tot el trajecte.

Poc abans de Behiberri, l'Alda va deixar la carretera per enfilar una pista estreta que, segons el mapa, duia directament fins a l'estació superior del funicular, a la vora de les antigues boques de les mines.

La pista pujava encara més per la muntanya, entre prats de pastura, deixant avall el veïnat de Behiberri. Temps enrere havia estat una carretera ampla i ben conservada que donava servei a les mines, però els anys d'abandonament i el clima extrem de la muntanya l'havien deteriorat en molts punts, cosa que obligava l'Alda a conduir amb precaució, i encara més portant un passatger.

Quan ja no faltava gaire per a l'estació, la pista passava per la vora d'un precipici. A baix, al fons de la vall, es podien veure perfectament els carrers de Tamasca, el recinte de l'institut i el castell del turó, i els cims semblaven a tocar. En unes altres circumstàncies, hauria estat una excursió ben bonica.

A la sortida d'un revolt, l'Alda va haver de frenar bruscament: una esllavissada havia fet caure tot el marge de la pista, i les roques i la grava bloquejaven completament el pas per als vehicles.

L'Igor va consultar el mapa:

–Segons això, l'estació ha de quedar en el següent revolt, a no més de tres-cents metres. Haurem de continuar a peu.

Van baixar del quad i es van acostar a la vora del precipici. En efecte, allà al fons, a no gaires metres en espiral, es veien les vies del funicular miner, que es perdien de vista cap a baix en un fort canvi de rasant, mentre que cap amunt desapareixien entre un bosquet de pícees que creixia a l'empara de la fondalada. Allà hi devia haver l'estació.

Per un moment, l'Igor va semblar preocupat.

–Ja podràs...? –va dir dubitatiu.

–És clar que podré! –el va tallar l'Alda tot col·locant-se bé la carrabina a l'esquena i començant a enfilar-se per les pedres caigudes.

L'arribada al punt d'encreuament dels vagons del funicular, allà on la via passava a ser doble durant uns metres per després tornar a ajuntar-se, va ser un moment dolorós. En Gerard recordava massa bé que havia utilitzat aquella imatge de les vies ajuntant-se, en una fotografia presa des del pont de la carretera, per declarar-se a la Mei.

Després, com en la seva vida, venia el túnel.

Al menjador de casa de la Tina i la Mei es va fer un dens silenci quan la directora va explicar el que havia passat a l'institut, mentre en Daniel deixava el portàtil d'en Gerard a sobre de la taula i l'engegava. La Tina, però, el va aturar amb un gest decidit. Estava molt seriosa, i l'Encarnació es va adonar que tenia els ulls una mica humits.

–No cal, noi, no cal. –Després, es va girar cap a la Mei, i va preguntar-li:– Sou parella?

La Mei es va posar vermella de cop. *Parella* li semblava una paraula massa forta, però va haver de dir que sí amb un fil de veu.

–I tu no te n'has adonat, filla meva? –va fer la Tina, potser amb un punt de retret a la veu, però amb un aire tan profundament trist que els trencava el cor a tots.

–Tina, si vols que marxem... –L'Encarnació sentia que havia de fer aquell oferiment, però al mateix temps s'adonava que no havia de marxar, que havia de saber la veritat, que el seu deure era assistir fins al final a aquella escena familiar desoladora.

Però la Tina li va dir que no:

–Si jo hagués explicat a la meva filla tot el que li hauria hagut d'explicar, tal com ella m'ha demanat tantes vegades, res d'això no hauria passat, i jo no em veuria obligada a explicar-ho davant de dos desconeguts i amb por d'haver provocat una desgràcia.

–De què m'havia d'adonar, mare? –La Mei hauria volgut fer servir un to de veu més sever, però no se'n veia capaç.

–No necessito veure aquesta foto. Si en Gerard s'ha desesperat d'aquesta manera després de veure una foto retocada de la meva filla, ja m'imagino què és el que hi ha vist. El mateix que vaig veure jo, aquí a casa, dimarts passat. El mateix que hauria hagut de veure la Mei, si no fos que diuen que l'amor és cec, i jo massa que ho sé. –Es va girar cap a en Daniel, que l'escoltava amb la boca oberta, tot i que ja sabia on aniria a parar.– Oi que el que ha retocat a la foto són els cabells? Oi que li ha tret aquest pentinat horrorós... i de cop li ha vist la cara sense disfresses?

En Daniel va fer que sí amb el cap. Li estaven agafant ganes de plorar. L'Encarnació, com en un eco, també va dir que sí.

La Tina va agafar amb tendresa la mà de la seva filla. Ara sí, les llàgrimes li rodolaven lliures per les galtes.

–I tu no te n'havies adonat, Remei? No t'havies adonat que, de cara, sou idèntics? Que tots dos sou iguals que el vostre pare?

# 13 *Assalt*

EN GERARD havia deixat enrere el punt intermedi del recorregut i s'havia endinsat al túnel del funicular, renegant interiorment per no haver portat una llanterna.

Era difícil i perillós moure's per allà a dins. Calia avançar molt a poc a poc, temptejant el terreny per no ensopegar amb cap obstacle, cap pedra caiguda del sostre, cap travessa moguda de lloc o el mateix cable tractor del funicular, abandonat i rovellat entre les politges.

Però aquella concentració li va anar bé, el va ajudar a recuperar-se, a centrar-se una mica, a reflexionar. La fatiga de l'ascensió s'havia anat menjant a poc a poc la desesperació que l'havia portat a fugir de la seva habitació de la Casa i a cercar el consol en l'escalada del funicular.

Ara, per primera vegada, es va plantejar la possibilitat que s'hagués equivocat, que hagués vist en la fotografia retocada el que no era. Però no podia ser: el que havia vist a la pantalla de l'ordinador havia estat exactament el mateix que havia vist, potser inconscientment, quan havia obert els ulls en la penombra de l'escenari de la sala d'actes, mentre besava la Mei. Amb els cabells curts, eren iguals. Però no era una semblança casual, una semblança de doble, sinó una cosa molt més profunda: s'havia adonat de sobte que també s'assemblaven en alguns gestos, en algunes maneres de moure's, en algunes inflexions de la veu, en algunes reaccions.

No sabia com, no entenia com, però no tenia cap dubte que eren germans.

L'Alda i l'Igor van caminar per l'últim tram de la pista, sota un cel que començava a enfosquir-se. El camí acabava en una gran esplanada envaïda per les males herbes, i que segurament havia servit en el passat per estacionar els camions i la maquinària. Al fons de l'esplanada es podia veure un edifici de formigó en estat ruïnós, que sens dubte contenia la maquinària del funicular. Al peu de l'edifici hi havia un cobert allargat que donava aixopluc a l'últim tram de la via, amb una andana esglaonada a un costat i una plataforma de càrrega amb les restes d'una grua a l'altra. L'estació no tenia altre accés que l'esplanada, ja que a l'altra banda s'obria un precipici. Les pícees omplien d'ombres els primers metres de la via descendent.

L'Alda va respirar fondo mentre travessaven l'esplanada.

–Ja hi som –va dir–. Al final no ha estat tan difícil...

Però un gest de l'Igor la va fer callar.

–Allà s'ha mogut alguna cosa.

–On?

–Sota el cobert de l'andana.

La penombra avançava molt de pressa. No trigaria a fer-se de nit.

L'Igor ja s'havia despenjat la carrabina de l'espatlla.

–Ens despleguem cadascun per un costat de l'esplanada –va xiuxiuejar ràpidament–. No et quedis en terreny obert.

–Però creus que és...?

–Més val que actuem com si ho fos. Vigila cada ombra: potser fugirà, però no te'n refiïs.

Es van separar molt lentament, amb les armes a punt, i van començar a avançar a poc a poc cap a l'estació, conscients que no sabien què s'hi amagava i que en Gerard podia aparèixer en qualsevol moment, pujant per la via cap a un perill mortífer.

Després del túnel començava la part pitjor de l'ascensió. En aquell tram, quan el cos ja començava a notar el cansament del camí, la via arribava a la inclinació màxima. Era el Pas de les Pilotes, i era allà on més d'un s'havia tirat enrere.

La via corria per la vora del precipici, resseguint l'estreta canal oberta per una torrentera que quedava a la dreta, obrint-se pas per la mateixa paret de roca, inaccessible des de dalt i des de baix. A diferència d'altres punts del recorregut, allà l'únic camí era la via, el pendent es notava cada cop més fort i el vent acabava obligant a grimpar agafant-se a les travesses.

La fatiga era cada cop més gran, però ell continuava, obstinat, com si a dalt l'esperés alguna recompensa o algun consol.

S'estava fent de nit molt de pressa, i aviat seria difícil distingir bé els contorns de les coses. En silenci, amb l'arma a punt, l'Alda avançava aprofitant cada cobertura, amb la mirada clavada en l'estació superior del funicular miner i en la via que pujava des de la vall. Se sentia estranyament serena, i anava calculant les seves passes de manera que la coixesa no li suposés cap impediment. Sabia que l'Igor era a l'altra banda, cobrint-la, però feia estona que l'havia perdut de vista.

Un parell de cops havia detectat un moviment sota el cobert. No hi havia manera de saber quin animal era: probablement, un isard, un senglar o qui sap si una vaca perduda. En la nit, en efecte, se sentien esquelles llunyanes, i el joc d'ecos de la muntanya feia impossible de localitzar-les.

Tampoc no era impossible que fos el mateix Gerard, que ja hagués fet cim i estigués recuperant forces després de l'esgotador ascens.

I, finalment, hi havia la possibilitat que tots tres tinguessin una extraordinària mala sort i el lleopard fos a l'aguait allà mateix. O, fins i tot, que aquell fos el seu cau, si és que els lleopards tenien cau.

Mirant cap a la dreta una vegada més, a la fi va aconseguir descobrir l'Igor. Havia sortit d'una mena de magatzem ensorrat i travessava una zona plena de runa. Era molt difícil moure's per allà sense fer soroll, i s'estava quedant enrere. A més, ara que l'Alda havia pogut entreveure aquells moviments a l'andana, s'adonava que el mateix magatzem en ruïnes taparia el seu company i l'obligaria a una llarga i lenta marrada per posar-se en posició. Va calcular ràpidament els angles i les aproximacions i va comprovar que el rus no trobaria una bona posició de tir, o que la que trobaria seria tan precària, que hauria de ser un Vasili Zatsev per poder fer blanc. I fins i tot encara que ho hagués estat, l'arma que tenia a les mans no era un fusell de precisió, sinó una SKS amb munició de caça.

Per tant, havia d'actuar com si estigués sola.

Va avançar molt lentament, metre a metre. El cobert feia que l'andana quedés sumida en una densa ombra que amagava les figures i els contorns. Qualsevol silueta, qualsevol pedra, qualsevol màquina abandonada o muret mig enderrocat podia ser l'animal. Hauria donat qualsevol cosa per una mira infraroja, per uns binocles de visió nocturna, però no tenia res de tot allò. Només l'arma, el seu pols i la seva percepció.

S'hi havia d'acostar més. Potser fins a la mateixa andana.

La cama dreta començava a fer-li mal a causa de la tensió del moment i de la posició forçada, ja que avançava ajupida i amb el pes de la carrabina a les mans. Va buscar la protecció d'un arbre, es va aturar i es va aixecar una mica per mirar de rebaixar la tensió sobre la cama. Va respirar fondo i va haver de fer un esforç per no tancar els ulls. A l'andana de l'estació alta del funicular, alguna cosa es va moure.

Va considerar la possibilitat d'aixecar-se i cridar, de fer soroll i encendre la llanterna que duia al cinturó per sortir de dubtes i mirar d'espantar la bèstia, però de seguida va comprendre per què l'Igor no li havia proposat de fer-ho: si la bèstia fugia, inevitablement ho faria en direcció a la via del funicular, per on probablement estava pujant en Gerard. No hi havia altre remei que mirar d'acostar-s'hi en silenci i intentar de maniobrar per col·locar-se entre el noi i el perill.

De cop va sentir una onada de ràbia, barrejada amb ganes de plorar. No podia ser que el dolor de la cama i la incapacitat per córrer i per caminar ajupida li impedissin ajudar en Gerard. No podia ser. Havia de defensar-lo. Havia de fer el que no havia pogut fer quan va passar *allò*.

La memòria li va fer tornar dolorosament una imatge de cossos morts estesos en una carretera polsegosa. Va notar als ronyons la fiblada de l'adrenalina. Va ignorar el dolor i va tornar a avançar, disposada, si calia, a arribar fins a l'andana.

La Tina va passejar la mirada per les persones reunides al menjador de casa seva. Ja ho havia dit, i era estrany com se sentia. Estava contenta i alleujada, perquè les circumstàncies havien acabat obligant-la a explicar-ho tot i li havien estalviat haver de prendre una decisió sobre quan fer-ho, i aquest sentiment era tan fort que es menjava i esborrava tota la ràbia i la pena.

La seva filla estava en estat de xoc. Era natural: en aquell moment devia tenir la mateixa sensació que havia tingut aquell pobre noi quan havia vist la foto retocada i havia tingut l'impuls d'anar a escalar el funicular miner. Al seu costat, en Daniel li passava la mà per les espatlles, com si dubtés entre abraçar-la o no, i amb cara de voler ser a molts quilòmetres d'allà. Però era amb ella i no la deixava. La Tina s'adonava que la seva filla havia fet uns amics excel·lents a l'institut..., tot i que ella, per por i per vergonya, havia volgut impedir-ho. A l'altra banda de la taula, l'Encarnació la mirava amb ulls brillants per les llàgrimes contingudes. Pobra dona: havia volgut dur fins a les últimes conseqüències el deure d'ajudar els seus alumnes, havia anat allà a demanar explicacions sobre el que li havia passat a en Gerard, i ara es trobava obligada a veure com sortia a la llum un secret familiar.

La Mei no podia estar en millors mans, a l'institut. No podia tenir uns amics millors. Només li havia fallat la mare.

Va agafar aire i va començar a explicar la seva història.

Havia abandonat la vall molt jove, quan tot just acabava de fer els vint anys. No volia haver de portar la mateixa vida que la seva mare i la seva àvia, sempre rere el taulell de la botiga o cercant herbes per les muntanyes. Les trementinaires eren cosa del passat, ella pertanyia a una altra època. Va marxar a la ciutat, deixant la botiga de remeis a càrrec de la mare, vídua, que mai no va estar d'acord amb la seva marxa, i d'una tia soltera.

A la ciutat, les coses li havien anat molt malament. Havia anat subsistint amb tota mena de feines precàries, havia arribat a estar en la misèria i havia pensat més d'una vegada que, si tot continuava d'aquella manera, al final hauria de tornar a Tamasca. Però tornar equivalia a reconèixer el seu fracàs, a humiliar-se davant la mare, i no es decidia a fer un pas tan terrible.

Aleshores, quan més desesperada estava, havia conegut un home. Havien iniciat una relació i ell li havia buscat una feina en una empresa de transports per a la qual treballava esporàdicament. També pagaven a mitges les despeses d'un piset diminut a la part vella de la ciutat. Ella s'havia quedat embarassada i havia tingut una nena, la Mei.

Durant l'embaràs, la seva mare havia mort i ella havia tornat al poble per a l'enterrament. La botiga se la quedava la seva tia, i ara prenia consciència per primera vegada que, quan la tia morís, la botiga i el pis passarien a ser seus i alguna cosa n'hauria de fer.

–I fins aquí –va dir la Tina–, la part de la història que la Mei ha sabut sempre. Ara ve la part que mai no m'havia atrevit a explicar-li.

Després de tot el que havia viscut, el que més por feia a la Tina era la possibilitat que el seu home la deixés. Era una por insidiosa, omnipresent, que l'havia portat a acceptar coses que ara veia que havien estat inacceptables.

La seva parella era de la vall de Tamasca, però no del poble. Era transportista, feia de recader a la vall, i per això baixava tan sovint a la ciutat. La Tina no va aconseguir mai que li expliqués més coses d'ell mateix, de la seva vida al poble, i ni tan sols de quin veïnat era. Era impossible treure-li una sola paraula sobre la seva vida lluny de la ciutat, i la Tina no s'atrevia a fer-li massa preguntes. No havia aconseguit que formalitzés de cap manera la seva relació: fins i tot els papers del pis anaven a nom d'ella, els rebuts es pagaven a través d'un compte bancari on només figurava ella, i ni tan sols a l'agència de transports sabien que eren parella. Però, fora d'allò, era un home dolç i atent, i la Tina l'estimava, potser perquè no havia conegut cap altra relació estable i no podia comparar-la amb res.

Un dia d'hivern va arribar a l'agència de transports la notícia que el seu home havia mort en un accident de trànsit a la carretera que duia a un dels veïnats alts de la vall. Desesperada, havia agafat la nena i havia viatjat a Tamasca per assistir al funeral.

I a la porta de la sala de vetlla del tanatori local havia trobat una dona jove com ella i també amb un nadó als braços, i havia entès de cop que tota la seva vida havia estat un engany, que el seu home estava casat i tenia un fill i ella només havia estat una amant amb pis a la ciutat.

Havia fugit de Tamasca amb ganes de no tornar-hi mai més. Però els anys havien passat i la mort de la tia l'havia convertit en la propietària de la botiga quan feia poc que s'havia quedat sense feina i la seva situació tornava a ser precària.

Havia tornat, doncs, a Tamasca, desitjant per damunt de tot no trobar-se mai amb la dona de la seva parella i tement el moment que la seva filla adolescent hagués de saber que tenia un mig germà de la seva edat. Sabia que algun dia, inevitablement, l'hi hauria de dir, però sempre deixava el moment de fer-ho per a més endavant.

–I ara –va acabar–, per culpa de la meva indecisió, la meva filla s'ha trobat amb el més horrorós que li pot passar a una noia enamorada.

–I en Gerard, amb el més horrorós que li pot passar a un noi enamorat –va replicar, amb un fil de veu, la Mei, mentre l'Encarnació es mossegava els llavis i en Daniel s'eixugava una llàgrima, avergonyit pel seu gest.

–Sí, Mei. En Gerard no té cap culpa de res. I la seva mare, pobreta, tampoc. Jo, almenys, vaig saber la veritat fa catorze anys, però ella segurament no sospita res, i ha estat tota la vida enganyada. –I la veu de la Tina es va endurir quan va afegir:– Aquell cabró ens va fotre la vida a tots quatre. I jo encara l'he ajudat a continuar-nos fotent després de mort. –Es va dirigir a l'Encarnació:– Han avisat la mare d'en Gerard?

–És clar, ja deu ser a l'institut... –va respondre la directora, amb la sensació que les coses començaven a anar molt de pressa.

–Que vingui aquí –va dir la Tina–. O, millor: dóna'm el seu número de mòbil, que ja li trucaré jo perquè vingui. En un moment com aquest, hem d'estar juntes. –Va haver de fer un esforç enorme, però al final va aconseguir somriure:– Al cap i a la fi, som com una mena de família, no?

De cop, quan pensava que els braços i les cames no podrien resistir gaire més temps l'esforç i la tensió, es va adonar que havia superat el Pas. A la seva dreta ja no hi havia l'estimball ni a la seva esquerra la paret de roca. La via havia fet un canvi de rasant, i pujava per un prat envoltat de pícees per anar a morir als peus d'una construcció de formigó, en una andana deserta, protegida per un cobert, on es podien veure les restes rovellades de l'altre vagó del funicular. Ho havia aconseguit. Era a pocs metres de l'estació superior.

Es va incorporar i va caminar per la via, amb una sensació de triomf que maldava per trencar la pena que l'havia arrossegat cap a l'escalada. Era allà. Era a dalt.

Va sentir una mena de ronc que venia de l'andana.

Es va aturar en sec.

El ronc es va anar allargant fins a convertir-se en un gruny, i el gruny, en un rugit.

En Gerard va sentir un calfred a l'esquena, va notar com se li eriçaven els cabells.

Hi va haver un moviment sota l'ombra del cobert, i un animal va sortir lentament a la llum del crepuscle.

En Gerard es va notar la boca seca i li va venir al pensament en Truk, el gos de la Sara. Ara ja sabia què li havia passat. El mateix que estava a punt de passar-li a ell.

Perquè de la penombra de l'estació alta del funicular acabava de sortir una pantera negra, que es movia cap a ell com si l'estudiés, amb tots els músculs en tensió, a punt per saltar. No la tenia a més de cinc metres i no tenia absolutament cap lloc per fugir.

I, quan en Gerard pensava que estava a punt de morir, va sonar un crit a l'andana, i el noi, aixecant la mirada, va veure una imatge que no podria oblidar mai.

Un lleopard melànic. Una pantera negra. Allà tenia la bèstia misteriosa, el fantasma que havia encantat la vall amb la seva amenaça invisible. A punt d'atacar en Gerard.

L'Alda es va adonar, amb desesperació, que es trobava en la pitjor posició possible. La pantera era massa a prop del noi. Si fallava el tret o si l'arma s'encallava i disparava més d'una bala, cosa que de vegades passava amb els SKS, podia encertar en Gerard. I si feia blanc, però el tret no matava la bèstia a l'instant, la seva reacció instintiva seria carregar contra el noi amb la fúria afegida de la ferida.

L'Alda només podia fer una cosa.

I la va fer.

En Gerard va veure una imatge que no podria oblidar mai.

Quan ja es creia perdut, en el moment que la pantera estava a punt de saltar, la seva professora de matemàtiques va aparèixer corrent i cridant per un costat de l'andana, empunyant un fusell d'assalt, carregant contra la bèstia com un personatge de *Call of Duty*.

# 14 *Cal tancar les històries del passat*

EL MENJADOR de casa de la Mei s'havia convertit en un estrany punt de reunió. Hi acabava d'arribar la mare d'en Gerard, molt seriosa, després de rebre la trucada de la Tina. Però no hi havia anat directament, sinó que a petició de la Mei, abans havia passat a buscar la Sara: en un moment com aquell, la Mei volia tenir al costat la seva millor amiga, i en Daniel volia pensar també que els quatre components de Ferrats estaven junts.

El pis estava sumit en un silenci incòmode, tothom sentia que qualsevol cosa que digués seria sobrera. Llavors va sonar el mòbil de la mare d'en Gerard.

–El meu fill! –va dir ella. Va córrer cap al passadís per parlar a soles, però la Mei, en Daniel i la Sara la van seguir.– Està bé. Diu que l'ha atacat la pantera, però que la vostra professora de matemàtiques i un rus amb un fusell l'han salvat. Que ara estan amb el veterinari, l'Isaïes, que havia pujat fins allà per veure si els trobava, i baixaran tots junts. Que la pantera s'ha escapat... –va tornar a parlar per l'aparell–. Sí, som a casa de la Mei. Tots. Sí, tots. Que l'Isaïes està parlant pel mòbil amb l'Enka? I qui és l'Enka? Ah! També és aquí. Va, vine de seguida.

Quan va penjar, va tenir la sorpresa de veure com la Tina s'acostava a ella i l'agafava pel braç.

–Vine a la cuina, Carme. T'he d'explicar moltes coses.

Quan el soroll dels motors del Land Rover i el quad van omplir la plaça silenciosa, tothom al pis –menys la Tina i la Carme, que continuaven a la cuina– va mirar per la finestra del menjador. Van veure com l'Alda aturava el motor, es treia el casc i desmuntava coixejant més que mai, i com del tot terreny baixaven l'Isaïes, en Gerard i un desconegut vestit de caçador. Tots quatre van anar cap a la porta, però, a l'últim moment, en Gerard es va fer enrere. En veure aquell moment de dubte, a la Mei se li van omplir els ulls de llàgrimes.

–Ara te'l pujo! –va saltar en Daniel.

Va sortir del pis i va baixar corrent l'escala. Al carrer va trobar l'Alda intentant convèncer el noi, mentre els dos homes s'ho miraven una mica de lluny.

–Pugeu vosaltres tres, que ja hi parlo jo! –va intervenir, enèrgic, en Daniel.

Els dos amics van quedar sols a la plaça deserta, sota la llum ataronjada dels fanals.

–Què hi feies, a la meva habitació? –va preguntar en Gerard, recolzat al Land Rover.

En Daniel va trigar un moment a entendre a què es referia el seu amic.

–Havia anat a demanar-te perdó per haver estat massa dur amb tu.

–Si no ho arribes a fer...

En Daniel hi va treure importància amb un gest. Després va agafar el seu amic pel braç i el va arrossegar cap a la porta.

A l'últim moment, però, en Gerard es va aturar.

–Daniel... Tu te n'adones, del que he fet?

–Sí: has escalat el funicular miner –el va tallar ell.

–No vull dir això! Vull dir que he estat a punt de... –Li costava de dir-ho, i en Daniel va pensar que era ben normal. Com hauria reaccionat ell en una situació com aquella? Com hauria reaccionat si un dia, de cop i volta, hagués sabut que la Sara...– He estat a punt d'enrotllar-me amb la meva germana –va dir, a la fi, en Gerard–. De fet, ens hem enrotllat força. Més que amb cap altra noia abans. I m'agradava. I a ella també. Això té un nom, saps?

En Daniel el va agafar per les espatlles i el va mirar fixament als ulls.

–No ho sabíeu. No ho podia saber ningú. La mare de la Mei ens ha explicat la història i ara l'hi deu haver explicat a la teva mare. Tu has escalat el funicular miner, t'has posat en perill, i això i l'estona que ha passat segurament t'ha ajudat a pair una mica la notícia, però pensa que la Mei ho acaba de saber ara mateix. Està com estaves tu quan has marxat de l'institut. Et necessita. I tu també la necessites a ella. Fes el favor de pujar i parlar-hi.

Quan ja eren a dins del portal, en Daniel va recuperar el seu to burleta habitual i va dir:

–A més, ara que no em sent la Sara, trobo que la teva germana, si la pentines normal, encara està prou bona...

A la cuina del pis, la Carme es recolzava a la paret i mirava amb ulls tristos la Tina. Havia plorat, però d'això ja feia una estona. La Tina, repenjada a la pica, acabava de sentir els motors a la plaça.

–Em sembla que ja arriben...

La Carme va deixar anar un fort sospir.

–Com es pot ser tan malparit? –va fer entre dents, escopint les paraules–. Em va enganyar a mi, et va enganyar a tu i, quinze anys després de mort, ha estat a punt de fotre enlaire la vida dels seus dos fills. –Va acotar el cap, a un pas de les llàgrimes.– Saps? Tots aquests anys m'he preguntat qui devia ser aquella noia que va entrar al tanatori amb un nadó a coll i va fugir corrents quan em va veure... Tots aquests anys m'he imaginat que aquell cabró duia una doble vida i que el meu fill tenia un germà o una germana en algun lloc.

–Entenc com et sents... –va aventurar, desolada, la Tina.

–No –va negar, rotunda, la Carme–. No ho pots entendre perquè jo mateixa no ho entenc. En realitat... –Va agafar aire.– En realitat, tinc moltes ganes d'abraçar-te.

Van sortir de la cuina plorant i agafades pel braç, en el mateix moment que en Gerard i en Daniel entraven al pis. El noi va saludar vagament tothom, va llançar una mirada de disculpa a la seva mare i va anar cap a la Mei, que el mirava en silenci.

–Aneu, aneu tranquils... –van dir-los totes dues mares.

Mentre al menjador es feien les presentacions i l'Alda es deixava caure, esgotada, en una butaca, amb l'Igor sempre al costat, la Mei i en Gerard es van tancar a l'habitació de la noia. Allà, molt callats, es van quedar mirant-se l'un a l'altre, ella asseguda al llit, ell a la cadira de l'escriptori. S'examinaven com si de cop i volta fossin dos desconeguts.

–Què ha passat, allà a dalt? –va preguntar, finalment, la noia.

En Gerard va explicar-li tota l'ascensió, com li havia sortit al pas la pantera a l'estació del funicular, i la increïble càrrega de l'Alda, malgrat la seva coixesa, que havia fet fugir la bèstia. I com gairebé immediatament havia arribat corrent l'Igor i com s'havien abraçat tots tres, commocionats.

Van tornar a quedar en silenci. La seva situació potser era tràgica, però començaven a entendre que aquell dia podria haver acabat molt pitjor.

–Així... –va aventurar el noi–, no m'ho havia semblat a mi?

La Mei va negar amb el cap. «Remei dels remeis, néta i besnéta de bruixa.» Li hauria agradat tant ser forta com les bruixes de les velles històries... Però només era una noia. Una noia normal. Una noia enamorada que ja no podia estar enamorada.

–La mare ho ha explicat tot –va dir–. Som germans, Gerard. Només de pare, és clar. Es veu que tots dos ens hi assemblem força. El pare duia una doble vida. Tenia dona i fill a Behiberri: la teva mare i tu. I amant i filla a Barcelona: la meva mare i jo. La teva mare no s'imaginava que hi havia una altra dona, però el més fort és que la meva mare tampoc: ella creia que era l'única parella, i que un dia es casarien i tota la pesca. Si el pare no hagués tingut l'accident, vés a saber quant hauria durat l'engany.

En Gerard va enfonsar el cap entre les mans. Ara entenia per què la seva mare no li havia volgut parlar mai del pare més enllà de l'estrictament necessari, per què mai no n'hi ensenyava fotos, per què havia perdut el contacte amb els avis paterns. Durant l'escalada s'havia preguntat un parell de vegades com era possible que, si eren fruit de dues relacions diferents, tinguessin la mateixa edat. No calia ser cap geni per endevinar-ho. Però el fet de saber-ho feia mal.

La Mei també se sentia una mica millor ara que ja ho havia dit. Va sospirar. Explicada d'aquella manera, el que li havia semblat una terrible tragèdia familiar es convertia en una cosa gairebé banal, vulgar i tot..., si no fos perquè s'havia enamorat d'aquell noi.

Es va aixecar del llit per acostar-se a ell, li va posar la mà a l'espatlla i li va apartar els cabells de l'orella amb un gest tendre.

–Gerard, t'estimo... –li va dir a cau d'orella.

Ell es va treure les mans de la cara i es va girar cap a ella per abraçar-la, tímidament al principi, però després amb força. En l'abraçada ja no hi havia urgència, ni desig, ni passió. Només pena. Una pena profunda i terrible.

Quan es van separar, tenien cadascun la cara xopa de les llàgrimes de l'altre. La donzella guerrera del pòster de Ciruelo els mirava reptadora. Segur que ella, com a mínim, tenia clar contra qui havia d'anar a lluitar. La Mei va obrir un calaix i en va treure un mocador per a en Gerard i un altre per a ella.

–Què es fa en un moment com aquest? –va preguntar ell, amb un fil de veu, mentre s'eixugava la cara–. Vull dir que també podríem estar contents, no? I les mares s'ho han agafat força bé: mira com han sortit de la cuina.

–Podria haver estat molt pitjor –va sentenciar la Mei–. Podríem haver tingut una professora de mates normal, d'aquelles que no ataquen cos a cos les panteres empunyant un fusell.

–Aleshores, jo hauria acabat com en Truk..., i mai no hauria pogut dir a la meva germana com l'estimo.

La Mei va tornar a seure al llit i es van mirar tímidament, com si es veiessin per primera vegada. I, en certa manera, es veien per primera vegada.

–Mira... –va fer la Mei–. Tota la vida filla única, preguntant-me com devia ser això de tenir un germà, i ara, de cop... –Va fer una pausa, dubtant.– Tinc un germà gran o un germà petit?

En Gerard, a diferència d'ella, recordava les dates de naixement.

–Petit –li va aclarir–. Som del mateix any, però tu ets la meva... germana gran –Les dues últimes paraules li van costar un veritable esforç.

Es van mirar. En Gerard recordava vivament els petons de la noia, el seu cos entre els braços, el nus que havia sentit a la gola quan li havia començat a aixecar el jersei. Segurament, la Mei estava pensant el mateix.

La noia va ser la primera a somriure.

–Quina putada, no?

En Gerard li va tornar el somriure.

–Sí que és una putada, tan bona com estàs... –Va ser capaç de fer la broma, encara que ell va tenir la sensació que se l'havia d'arrencar de dintre.

Ella es va tirar endavant per donar-li un copet de puny al genoll.

–Aquestes coses ni es pensen, pervertit!

Aleshores, tota la tensió acumulada va esclatar en una rialla compartida, i quan el so d'aquells riures va arribar al menjador, tothom va respirar molt més tranquil.

–Però ara imagina't –va continuar en Gerard, ja més tranquil– que no ens arribem a assemblar tant... Quin horror, no?

La noia va picar-li l'ullet.

–Vaja, em sembla que no em trobaves tan horrorosa quan em ficaves mà!

–Però aleshores no eres la meva germana, pocasolta!

I van tornar a riure, tot enterrant per sempre l'angoixa i la pena d'aquells dies.

Quan tots van estar reunits de nou al menjador, quan semblava que totes les explicacions estaven donades i tots els aclariments estaven fets, i tothom semblava a punt d'acomiadar-se, l'Igor va dir en veu baixa a l'Alda:

–Em sembla que encara em deus una història..., i encara més després del que ha passat allà a dalt.

L'Alda, com a resposta, es va aixecar de la butaca reprimint una ganyota de dolor i, allà dreta, els va mirar tots, seriosa:

–Jo també tinc una història per explicar, com m'acaba de recordar el senyor Stefanov.

Totes les converses es van interrompre, i tothom la va mirar amb curiositat, especialment en Gerard, agafat al braç de la seva mare i amb la seva germana al costat. Aleshores, molt lentament, l'Alda es va ajupir i es va aixecar el camal dret dels pantalons fins al genoll.

Van sonar un parell d'exclamacions contingudes. Del genoll en avall, la cama era anormalment prima: hi mancava gairebé tota la massa muscular del panxell, i unes cicatrius quirúrgiques encreuades marcaven el genoll.

Es va girar cap al rus:

–Jo també conec bé l'Afganistan, Igor Mikhailovitx –va dir-li–. Però no anava amb una cosa tan sòlida com un tanc T-62. Jo conduïa un BMR.

El rus va deixar anar un esbufec, com qui veu confirmada una sospita.

–Un BMR... Ja deia jo que...

–I què és això d'un BMR? –va trobar esma per preguntar l'Encarnació.

–Són les sigles de Blindat Mitjà sobre Rodes –va aclarir l'Igor–. És un vehicle militar de sis rodes que es pot utilitzar com a transport de tropes, vehicle de reconeixement, ambulància... –Es va girar cap a l'Alda.– Així, no anava errat. Ets...

–Era –va corregir ella–. Sotstinent d'infanteria. Un atac en una carretera que semblava deserta em va canviar la vida. Una mina ens va deixar clavats a lloc, un coet antitanc ens va rematar. Ens van tirotejar quan buscàvem refugi al blindat que ens seguia. Jo havia caigut a terra sota el BMR, amb la cama destrossada per la metralla, i vaig veure com els meus soldats morien a la carretera sense poder fer-hi res, sense poder ni tan sols morir amb ells, que suposo que és el que volia en aquell moment. Després, ja us ho podeu imaginar. Una mutilada és molt heroica i molt condecorable, però després no se li pot donar feina. Als exèrcits no hi ha lloc per a minusvàlids. Podia quedarme a casa amb una pensió o fer un canvi de vida. Vaig optar per l'ensenyament. Era un bon canvi de feina, fer de professora de matemàtiques. Al capdavall, tenia formació en topografia i en artilleria, i això són matemàtiques pures. No em va costar gaire reciclar-me. Aquí, a Tamasca, només l'Encarnació sabia d'on venia. I va tenir la delicadesa de no explicar-ho a ningú i no treure mai el tema..., excepte el dia que va caldre pensar en la protecció dels alumnes, i se li va acudir que estaria bé comptar amb l'opinió d'una exmilitar.

A mi, ja m'estava bé que ningú no en sabés res, ser només la profe nova. Què haurien pensat els meus alumnes, si haguessin sabut que la seva professora de matemàtiques era ni més ni menys que una mutilada de guerra?

–Dona, això hauria explicat unes quantes coses que ens tenien a tots una mica intrigats –va intervenir en Gerard.

–Com ara que et fes assaltar les equacions de segon grau? –va preguntar-li l'Alda, tornant per un instant a ser la seva professora.

–I altres coses –va afegir en Daniel–. Eres comunicativa, però mai no parlaves de tu mateixa. Era com si no tinguessis passat.

–Tens raó. No volia parlar del passat, ni pensar en el passat, perquè em feia massa mal. I em feia mal perquè, mirant enrere, no sé si tot el que vaig fer a l'Afganistan va ser bo o va ser dolent. Segurament, no ho sabré mai.

–Si ho vas fer tu, segur que era bo –se li va escapar a la Mei, i aquell rampell de confiança, gairebé infantil, va emocionar visiblement la professora.

–Volia oblidar el passat, però el passat és com l'aigua, que sempre torna al lloc per on corria; és com les cicatrius, que no s'esborren mai. I vet aquí que, un dia, un perill misteriós a les muntanyes va amenaçar el que ara és la meva gent, els meus, i vaig pensar que els havia de defensar com no vaig poder defensar els meus soldats en aquella carretera d'Herat, quan era a terra ferida després d'arrossegar-me fora del vehicle i a ells els tirotejaven sense que jo pogués fer-hi res. Per això he estat ajudant l'Isaïes. Per això vaig prometre a la Sara que no permetria que us passés res de dolent. Ara, almenys, he salvat una vida.

Es va tornar a abaixar el camal dels pantalons i va tornar a seure a la butaca, adolorida. En el silenci que va seguir, es va poder sentir la Tina que deia:

–I, de rebot, n'has canviat unes quantes més.

# *Epíleg*

Dos dies després, els agents forestals van poder capturar viva la bèstia, un magnífic exemplar de lleopard melànic, el que es coneix comunament com pantera negra. Es va relacionar la seva presència a la vall amb l'accident d'un camió que s'havia produït unes setmanes abans, però les investigacions de la policia no van portar enlloc.

De tant en tant, quan hi pensava, l'Alda, que havia decidit de quedar-se a viure a Tamasca, es preguntava si en tota aquella història no havia pecat una mica d'ingènua.